L'EFFET SUMMERHILL

Du même auteur chez le même éditeur:

La note de passage, *roman*
Benito, *roman*

François Gravel

L'EFFET SUMMERHILL

Boréal

Illustration de la couverture: Jocelyne Bouchard

Dépôt légal: 3e trimestre 1988
Bibliothèque nationale du Québec
Diffusion au Canada: Diffusion Dimédia
Distribution en France: Distique

Données de catalogage avant publication (Canada)

Gravel, François
L'effet Summerhill
ISBN 2-89052-265-2
I. Titre
PS8563.R38G46 1988 C843'.54 C88-096436-7
PS9563.R38G46 1988 PQ3919.2.G72G46 1988

PREMIÈRE PARTIE

1

C'était une immense maison de briques rouges au toit couvert de tourelles et de lucarnes, dont les fenêtres minuscules étaient à moitié cachées par une vigne centenaire; une immense maison isolée, perdue au bout d'un interminable chemin de terre, tout près de la frontière. Parce qu'elle avait les rondeurs de la vieille reine, et peut-être aussi les mêmes odeurs qui montaient de la cave, nous l'avions baptisée Victoria.

J'avais quatorze ans et je guettais par la fenêtre l'arrivée des inspecteurs. Je portais un blazer marine et un pantalon gris, mes souliers étaient vernis, mes cheveux coupés en brosse. Dès que j'ai entendu le bruit des pneus sur le gravier, du moteur qui s'éteignait en toussotant et des portières qui se fermaient, j'ai commencé à affûter mes armes. Depuis le temps que j'attendais ce moment, j'étais prêt. Ils n'étaient pas pressés d'entrer, nos inspecteurs, et je les entendais chuchoter jusqu'à ce que la tôle du capot, trop chaude, cesse de crépiter.

Quand ils sont finalement entrés, tête basse, battus d'avance, mon père leur a offert une consommation sur un ton si peu invitant qu'ils ont été obligés de refuser puis, satisfait de sa petite victoire, il s'est retiré dans son bureau tandis que les inspecteurs s'installaient en face de moi, à la grande table de la salle à manger. Je les ai regardés droit dans les yeux. Ils ont eu beau tousser, poser leurs gros livres sur la table avec fracas, multiplier les cliquetis des stylos, je n'ai pas cédé.

L'un d'eux est passé à l'attaque, sans conviction: définition d'un triangle isocèle? Tout doucement, comme si je m'adressais à un débile, j'ai entrepris un long exposé sur l'origine de la géométrie, m'attardant sur le théorème de Pythagore, énumérant les corollaires et les applications, et m'interrogeant finalement sur ses curieuses positions philosophiques: comment pouvait-il prétendre que les chiffres sont à l'origine de toute chose?

Leurs regards se sont croisés: s'ils ne voulaient pas être ridiculisés, il leur fallait vite abandonner le programme officiel. Ils ont immédiatement contre-attaqué avec une série de questions courtes: la racine carrée de cent soixante neuf? La capitale de Ceylan? Les fils de Noé? Les affluents du Styx? Ils n'avaient jamais suffisamment de questions, et j'avais trop de réponses. Ce petit match à sens unique s'est malheureusement terminé trop vite: ils m'ont passé la main dans les cheveux, pleins d'une haïssable compassion, m'ont remis les questionnaires des examens écrits, et sont allés rejoindre mon père. Comme ils devaient détester ses méthodes et ses expériences, comme ils devaient détester cet enfant trop instruit qui n'avait même pas la décence d'être malheureux.

Pendant qu'ils discutaient dans le bureau, j'ai expédié les examens écrits en dix minutes, et je me suis approché doucement. Le ton a bien vite monté et, malgré la porte fermée, je n'ai rien perdu des échanges. Les inspecteurs traitaient mon père de fasciste, il leur répondait d'aller voir dans leur vécu s'ils y étaient, ça criait, ça hurlait, et la vapeur sifflait en passant par le trou de la serrure.

Ils sont sortis de là en nage, ont récupéré mes examens en vitesse, et sont partis en claquant toutes les portes. Leur voiture a démarré dans un nuage de poussière, et des cailloux ont volé jusque dans les fenêtres.

Mon père était affalé sur sa chaise, complètement épuisé. Je lui ai détaché son col, son horrible col si empesé que son cou en était toujours marqué. Lentement, la pression a baissé, et dès qu'il a été en mesure de parler sans que le sang lui gicle par les pupilles, il m'a félicité et m'a donné congé de devoirs pour le reste de l'après-midi.

* * *

Cela se passait à une époque où une nuée d'intellectuels s'était abattue soudainement sur tout le pays. On aurait dit qu'ils étaient apparus par génération spontanée, que personne avant eux n'avait eu d'idées, et qu'ils n'avaient jamais appris à peser leurs mots: dans les revues pédagogiques que je lisais en cachette, ils traitaient régulièrement mon père de dictateur, de réactionnaire, de fasciste, voire de nazi. Un nazi, mon père? Il aurait fallu avoir beaucoup de sable dans la gorge pour qu'on puisse trouver à son nom quelque consonance allemande, et je suis prêt à jurer sur sa tête qu'il n'a jamais porté de monocle, ni de balafre à la joue, pas plus qu'il ne cachait de casquette en piste de ski dans un coffre marqué de la croix gammée. Mon père n'était pas un nazi, et Victoria ne ressemblait en rien à un camp de concentration.

Quand ils parlaient de moi, ces intellectuels commençaient toujours par admettre, du bout des lèvres, que mes résultats académiques avaient toujours été exceptionnels, mais ils enchaînaient aussitôt sur les graves carences de mon éducation: je n'avais jamais appris à gérer mes émotions, mes sentiments ne seraient jamais que de petites pousses rachitiques, et je serais jusqu'à la fin de mes jours un parfait analphabète en matière d'affectivité. J'essayais de comprendre: quand venait le moment de la visite des inspecteurs, j'avais pourtant des émotions et des sentiments à la pelle: l'excitation qui me gagnait en attendant leur visite, le triomphe qui me gonflait la poitrine quand je les narguais du haut de mes connaissances, la compassion que j'éprouvais envers mon père, complètement épuisé après ses magnifiques colères, le plaisir que me procurait un long après-midi de congé, tout ça en une seule petite journée... De quelles émotions, de quels sentiments parlaient-ils? Je veux bien admettre que je n'ai pas été élevé dans l'obsession du bonheur obligatoire, mais j'ai tout de même été plus qu'une démonstration.

2

Le lendemain, la vie parfaitement prévisible de mon enfance sans école reprenait son cours normal. Comme d'habitude, je me levais à sept heures et, après avoir mangé en quatrième vitesse, je m'installais à la table de la salle à manger, où je prenais connaissance du programme de la journée: les subjonctifs, les participes et les conjugaisons m'occupaient jusqu'à dix heures trente, suivait un repos de dix minutes, puis je me plongeais dans les équations à deux inconnues, les logarithmes et les racines carrées. À midi, je prenais un repas d'athlète de l'intellect: des carottes pour les yeux, et du poisson pour l'intelligence. Ensuite, une petite marche pour me redresser le dos et m'aérer les synapses, et je recommençais: capitales, fleuves, guerres médiques, déclinaisons latines, *Quousque tandem abutere Catilina patientia nostra et caetera ad nauseam.*

Les journées s'étaient toujours succédé ainsi, toutes pareilles, raides comme le cuir des souliers, froides comme la douche du matin. J'étais une magnifique machine à apprendre, une machine à la fois sophistiquée et robuste qui avait la particularité d'exiger de moins en moins d'entretien en vieillissant. Vitesse d'apprentissage, mémoire, concentration, esprit de synthèse, tout était mesuré, chronométré, compilé et exposé avec force graphiques dans des centaines d'articles publiés dans des dizaines de revues qui remplissaient tout un rayon de la bibliothèque paternelle. Dès ma naissance, on m'avait fiché des entonnoirs dans les oreilles et on y avait déversé en vrac des tonnes de latin, de français, de mathématiques, de chimie, sans jamais essayer de me convaincre que cela pouvait m'être un jour utile, et encore moins amusant ou agréable. J'apprenais comme on respire, sans y penser, sans réfléchir. J'étais si bien rodé que la question de savoir si j'étais heureux ou malheureux ne s'était jamais posée. J'étudiais, point à la ligne.

Quand il m'arrivait de rêvasser entre deux pages de conjugaisons, la voix sèche de mon père venait aussitôt me ramener sur terre:

— Et alors, ces subjonctifs? Il est presque dix heures, et tu n'as même pas terminé la première page. Qu'est-ce qui t'arrive?

Je reprenais aussitôt mes exercices tandis qu'il regagnait son bureau sur la pointe des pieds. Que je refoule, que tu refoules, qu'il refoule...

Il arrivait parfois que ma mémoire, pourtant parfaitement entretenue, subisse d'inexplicables pannes quand venait le moment d'apprendre par cœur les capitales des pays d'Afrique ou les déclinaisons latines, mais à force d'acharnement, je finissais toujours par y arriver. Lorsque la matière était coriace, je la coupais en petits morceaux et je l'avalais en me pinçant le nez. Très tôt, j'avais appris à apprécier le goût acide de l'effort, à aimer son côté rugueux. J'imagine qu'il doit en être ainsi des coureurs de fond pour leur fatigue, et des carmélites pour le silence.

Le soir, je me réfugiais dans ma chambre, je m'étendais sur mon lit, et je savourais longuement une cigarette que j'avais dérobée dans le paquet de mon père. Je devais me lever à chaque bouffée pour souffler la fumée par la fenêtre entrouverte et, quand elle était terminée, je l'écrasais dans un petit morceau de papier d'aluminium que j'enfouissais ensuite au plus profond de ma corbeille. J'ai depuis longtemps oublié les capitales des pays d'Afrique, mais pas le goût délicieusement âcre des cigarettes volées.

3

Même s'il restait presque toujours à la maison, mon père était un personnage public: ses articles suscitaient des débats passionnés, on l'invitait souvent à donner des conférences dans les universités, si bien que tout le monde s'imaginait le connaître. Ma mère, qui travaillait à l'extérieur, est toujours restée dans l'ombre. Si on la décrivait parfois comme une collaboratrice efficace, c'était son rôle de pourvoyeuse anonyme et discrète qui retenait le plus souvent l'attention des commentateurs de notre vie familiale. Jamais on n'a parlé d'elle comme d'une complice à part entière, encore moins comme d'une pédagogue, ce qu'elle était pourtant à plus d'un titre.

Le matin, elle se levait toujours très tôt. Pendant que je m'installais à la table de la salle à manger, elle s'enfermait dans la salle de bains, où elle passait de longs moments à s'enlaidir: elle attachait d'abord ses cheveux en chignon si serré que ses yeux se bridaient, peignait ses sourcils pour qu'ils aient l'air froncés en permanence, se dessinait des cernes sous les yeux et blanchissait le reste de son visage avec un mélange de crèmes et de poudres malodorantes. Ensuite, elle n'en finissait plus de boutonner son horrible blouse blanche: deux rangées de boutons à l'avant, quatre à chaque manche et quatre autres pour le col, sur lequel elle ajoutait un minuscule camée monté sur une énorme ferrure; par-dessus cette camisole de force, un tailleur sombre, au tissu si rugueux qu'il râpait le regard; des souliers plats, un sac à main si lourd que la bandoulière lui creusait l'épaule, elle était prête à aller enseigner. Chaque matin, je l'entendais démarrer la voiture, claquer la portière, embrayer, rouler lentement jusqu'à la route, passer en deuxième, en troisième... Je prêtais l'oreille jusqu'à ce que je ne sache plus si le ronronnement que j'entendais encore au loin provenait de sa voiture ou de mon imagination, puis je me penchais sur mes exercices de mathématiques.

Quand elle rentrait à la maison, vers six heures, elle se mettait aussitôt à table et mangeait sans appétit les fades repas que mon père avait préparés. Je regardais alors ses ongles courts, son teint verdâtre, ses yeux pochés, et j'imaginais qu'elle devait venir d'une autre planète où l'air était infiniment rare. Elle s'informait de mes progrès, écoutait distraitement mes réponses, se plaignait de son maigre salaire qui ne nous permettait pas le moindre luxe, puis elle laissait son mari faire le bilan de la journée et le plan du lendemain. Immédiatement après la vaisselle, elle montait s'enfermer dans son bureau.

Souvent, quand j'étais tout petit, je montais l'escalier sur la pointe des pieds, et je profitais du crépitement de la machine à écrire pour m'installer dans un coin, à côté de la bibliothèque vitrée, d'où je l'observais en silence. Ses cheveux, toujours attachés à l'heure des repas, étaient quelquefois défaits quand elle cherchait l'inspiration: quelles nouvelles embûches allait-elle inventer, quels nouveaux pièges pervers allait-elle tendre à ses élèves? Les feuilles entraient vierges dans la machine, en ressortaient couvertes de signes noirs, elle relisait, biffait, rageait, recommençait, écrasait sa cigarette dans le cendrier débordant de mégots, en rallumait une autre aussitôt, remplaçait le ruban, se grattait la tête de ses longs doigts tachés d'encre... Ses élèves avaient sans doute beaucoup de mal à répondre à ses questions d'examens, mais je peux témoigner de ce qu'elle se donnait bien plus de mal encore pour les composer. Quand elle m'apercevait, elle me grondait gentiment: allez, va faire tes devoirs.

Le soir, avant d'aller dormir, nous allions quelquefois marcher dans les sentiers qui entouraient Victoria. Nos promenades étaient souvent silencieuses, mais il arrivait que mes parents me laissent prendre une petite avance. Dès qu'ils me croyaient hors de portée de leur voix, ils discutaient pédagogie: mon père parlait évidemment de son petit Jacques, son seul et unique cobaye, tandis que ma mère parlait des difficultés qu'elle avait à enseigner à une classe de quarante élèves.

En rentrant, nous écoutions parfois de la musique, genre concerto pour cornemuse celtique et basse obstinée, et à neuf heures, quand je gagnais ma chambre, je les entendais encore discuter jusqu'à ce que je m'endorme.

Notre vie était si parfaitement réglée, si lente, si régulière, que j'ai parfois l'impression que toute mon enfance s'est déroulée en une seule interminable journée.

* * *

Les vendredis soir, la routine changeait radicalement. Quand ma mère rentrait de son travail, elle s'enfermait dans la salle de bains et en ressortait rajeunie de vingt ans: ses ongles étaient devenus de longs clochers gothiques, leur vernis s'harmonisait avec la teinte de ses cheveux, savamment décoiffés, sa blouse, qui n'était plus boutonnée jusqu'au col, s'ouvrait sur un petit foulard de soie, et si elle fumait encore, c'était avec détachement, comme pour se donner une pose.

Mon père, qui assistait chaque fois avec émerveillement à cette cure de Jouvence instantanée, nous servait alors un repas qui n'avait rien de frugal. À mesure que les verres de vin se vidaient, leur conversation ne portait plus sur l'enseignement mais sur les avantages de la pollinisation croisée pour le renforcement de l'espèce. Les phrases étaient ponctuées d'éclats de rire nerveux et se terminaient souvent par une nuée de points de suspension qui traçaient un chemin jusqu'à la chambre à coucher.

Complètement laissé à moi-même, me sentant de trop, je me préoccupais du contenu de mon assiette: du crabe, des crevettes, de la sauce. Dans mon verre, quelques gouttes de vin noyées dans beaucoup d'eau... Je me demandais souvent si ces repas avaient une justification pédagogique: voulait-on m'apprendre à utiliser les trois cuillers dans le bon ordre, à croquer le céleri avec décence et à verser le vin sans faire tomber la goutte? Mon père allait-il en profiter pour m'interroger sur le rôle des épices dans l'histoire, mes bonnes manières allaient-elles être évaluées sur une échelle décimale et faire l'objet d'une communication savante?

Aussitôt le repas terminé, ils montaient dans leur chambre. Comme j'étais bien élevé, j'enlevais le couvert, et je veillais à ce que rien ne se perde, surtout pas les bouteilles de vin encore à moitié pleines ni les quelques cigarettes que je pouvais sans risque dérober dans les paquets oubliés sur la table.

J'attendais quelques instants, puis j'allais m'installer sur mon lit. La porte bien fermée, un oreiller calé contre le mur en guise de dossier, je restais des heures étendu à fumer des cigarettes qui me brûlaient la gorge et à boire quelques gorgées de vin qui me faisaient tourner la tête.

Souvent, je rêvais à l'enlèvement des Sabines et à quelques extraits des romans que j'avais étudiés. Comme j'en connaissais beaucoup plus long sur les colonnes doriques que sur les choses de la vie, mes rêveries étaient bien chastes: elle était un pur esprit qui se serait appelé Iseult, Chimène ou Aphrodite, je l'imaginais cloîtrée dans un couvent, au creux d'une vallée perdue dans le brouillard, et je passais la semaine à lui composer des bouquets de fleurs séchées que je lui apportais le dimanche, à l'heure des visites. Parfois, un rayon de soleil perçait le brouillard, traversait le parloir, et le grillage à travers lequel elle me parlait doucement. Je voyais alors une lueur dans ses yeux, son sourire, son auréole...

Sa cellule n'avait pas de fenêtre, je n'avais pas

d'échelle. Elle passait toute sa vie au fond de son couvent, et je lui étais fidèle jusqu'à la fin lorsque, tout à fait diaphane, elle s'évanouissait dans un dernier souffle. Je pleurais jusqu'à l'automne, je rêvais du Pôle Nord, là où les couchers de soleil durent toute une saison, et je me perdais dans les aurores boréales.

Parfois, je pensais aux jeunes de mon âge qui étudiaient dans des écoles: pouvaient-ils mieux respirer, eux qui étaient trente à se partager le même professeur? Était-il vrai, comme le prétendait mon père, qu'ils n'apprenaient rien dans leurs grandes bâtisses pleines de corridors? Je n'arrivais ni à les prendre en pitié, ni à les envier. Comment aurais-je pu éprouver quoi que ce soit envers ces parfaits inconnus, ces pures abstractions? Et pourtant Iseult, Chimène et Aphrodite, qui m'étaient tout aussi inconnues, me torturaient les entrailles.

Quand j'entendais, à travers le mur, les échos des mystérieux concertos pour sommier et froissement de draps, ma solitude me pesait; mes rêves s'éteignaient lentement, les murs de ma chambre semblaient se rapprocher, le plafond descendait sur moi: je pouvais toucher du doigt mes limites.

* * *

C'est un vendredi soir que l'envie de fuir m'est tombée dessus comme une masse. Sans prendre le temps d'y réfléchir, j'ai bondi à ma table de travail et j'ai écrit une longue lettre à mon père: je n'en pouvais plus d'étudier, j'avais besoin de liberté, j'étouffais chez Victoria, j'avais décidé d'aller faire le tour du monde.

J'ai glissé ma lettre dans une enveloppe, caché l'enveloppe sous mon matelas, puis je me suis étendu sur mon lit pour rêver d'aventures: je voyais de grands navires aux voiles déployées dans la nuit, j'imaginais de longues marches dans des forêts inconnues, puis, au bout de ma route, apparaissait un couvent, au creux d'une vallée perdue dans le brouillard.

4

Le lundi suivant je me suis levé très tôt, comme j'en avais l'habitude, mais je n'ai pas fait mon lit. À sept heures, je suis descendu, j'ai mangé comme un goinfre, débarrassé la table, et, sans adresser la parole à mon père qui se levait toujours longtemps avant moi pour préparer ses cours, je me suis plongé dans la version latine qu'il m'avait préparée: Xerxès, furieux contre les éléments qui avaient détruit son pont flottant, avait ordonné qu'on abreuve la mer d'injures et qu'on lui donne des coups de fouet. Quand mon père m'a annoncé qu'il allait faire quelques courses au village, comme chaque lundi matin, c'est à peine si j'ai levé les yeux de ma copie. J'ai attendu que se referment la porte de Victoria et la portière de la camionnette, et dès que le moteur s'est mis en marche, je me suis précipité dans ma chambre et j'ai déposé l'enveloppe bien en vue sur mon lit défait. Je suis ensuite descendu à la cuisine où j'ai dérobé quelques dollars dans l'armoire, j'ai enfilé un gros chandail de laine et mes bottes de pluie, et je suis sorti, enfin libre.

De Victoria jusqu'au village, il y avait quatre bons kilomètres d'une petite route tortueuse et peu passante, et j'ai marché d'un pas léger jusqu'aux premières maisons de ferme, où j'ai commencé à dresser l'oreille, à l'affût du moindre bruit de moteur. Chaque fois que j'entendais une voiture, je me préparais à me cacher dans le fossé. Quand j'ai enfin aperçu la camionnette de mon père, je me suis dissimulé derrière une affiche, et il a passé sa route sans me voir.

Quelques minutes plus tard, j'entrais dans l'unique restaurant du village, un petit commerce de rien du tout où on vendait des billets d'autobus, des journaux pour les passagers et du café pour le chauffeur. Je me suis assis au comptoir où des camionneurs discutaient des derniers meurtres survenus en ville, et je me suis informé de l'horaire des départs. Quand la serveuse m'a répondu qu'il n'y en aurait pas avant le soir, je n'étais pas mécontent: l'idée de marcher jour et nuit, dans le froid et sous la pluie, donnerait de la valeur à mon aventure. Je suis sorti aussitôt du restaurant, sans prendre le café que m'offrait la serveuse, et j'ai repris ma route.

À la sortie du village, j'ai entendu des bruits qui évoquaient des seaux d'eau qu'on aurait lancés sur un feu de camp: un gigantesque camion-remorque s'est immobilisé près de moi, et le chauffeur m'a fait de grands signes pour que je monte, ce que j'ai fait sans hésiter.

Je me suis assis sur la vieille banquette recouverte de papier journal, j'ai raconté au chauffeur que j'allais chez ma mère, qui travaillait en ville, et il s'est chargé de la conversation pour le reste du trajet. J'acquiesçais vaguement à ses considérations sur les bienfaits de l'éducation qu'il n'avait pas reçue, et je regardais droit devant moi: le ciel était lourd, une pluie drue s'était mise à tomber, les automobilistes avaient allumé leurs phares, et les essuie-glace laissaient de grandes traînées lumineuses sur le pare-brise. Quand nous sommes arrivés près de la ville, nous nous sommes engagés sur un immense pont métallique dont on ne pouvait même pas apercevoir l'extrémité, perdue dans le brouillard: c'était un pont-levis qui m'amenait du sol jusqu'aux nuages, une rampe de lancement vers l'inconnu.

Il était presque midi quand le chauffeur m'a déposé au centre-ville. J'ai marché lentement dans une grande rue commerciale, j'ai admiré les mannequins dans les vitrines, puis je me suis risqué à regarder les passants qui avaient l'air triste, accablé, comme des montgolfières un peu dégonflées. De crainte de me laisser contaminer par leur humeur, je suis entré dans un restaurant. J'ai consulté le menu, et j'ai commandé le plat du jour, le moins cher. Deux minutes plus tard, on me servait une assiette remplie à ras bord de frites trop molles et de petits pois flottant dans une épaisse sauce brune qui recouvrait une sorte de monticule carré. En poursuivant l'exploration avec ma fourchette, j'ai découvert que ce monticule était constitué de deux tranches de pain imbibées de sauce, entre lesquelles étaient cachés quelques morceaux de poulet trop cuit.

Quand je suis sorti du restaurant, j'étais décidé à me diriger vers le port pour m'engager sur un navire en partance pour n'importe où. J'ai demandé à des passants de m'indiquer le chemin, et j'ai marché vers les grandes grues qui se découpaient dans le ciel. D'un pas à l'autre, ma volonté commençait à faiblir.

Mes bottes de pluie me serraient les pieds, mes chandails de laine étaient mouillés, j'avais un peu mal au ventre, je pensais à Victoria, qui me semblait chaude et accueillante, à ma version que je n'avais pas terminée, à mon père qui préparerait ses cours pour rien. Pourquoi est-ce que je n'arrivais pas à lui en vouloir? Quand je suis arrivé au port, je suis resté un moment à regarder les débardeurs blasés qui rentraient chez eux après une journée de travail... J'étais peut-être enfermé chez Victoria, mais mon père l'était tout autant. Qu'est-ce que je pouvais apprendre d'un tour du monde si je n'avais même pas compris le mien? J'ai rebroussé chemin. Il me restait tout juste assez d'argent pour prendre un taxi, qui m'a conduit jusqu'à l'école de ma mère.

Sa voiture était dans le stationnement, la portière n'était pas verrouillée, je me suis assis à la place du passager et j'ai attendu. À quatre heures moins une minute, l'école, jusque-là parfaitement silencieuse, a commencé à trembler légèrement. Le bourdonnement s'est rapidement amplifié et à quatre heures pile, une sonnerie a donné le signal de l'explosion: toutes les portes se sont ouvertes en même temps, et des centaines d'élèves sont sortis d'un seul coup en se bousculant et en criant leur joie d'être enfin libérés. Quelques minutes plus tard, ils s'étaient dispersés et la grosse école, redevenue silencieuse, m'a semblé soulagée. Les portes se sont encore ouvertes, et les professeurs sont sortis lentement, aussi fatigués et blasés que les travailleurs du port. Ma mère se dirigeait vers la voiture en discutant avec une compagne. Quand elle m'a aperçu, elle a aussitôt congédié sa collègue, qui a longtemps continué à me dévisager à travers le pare-brise.

Sur le chemin du retour, je lui ai rapidement raconté mon aventure. Elle m'a écouté en silence, sans jamais manifester le moindre reproche. Quand nous sommes arrivés au village, je me souviens de lui avoir demandé pourquoi les enfants avaient l'air tellement soulagés de quitter l'école. Elle a réfléchi quelques instants, puis elle m'a dit de lui décrire ce que j'avais vu. Je lui ai parlé des clôtures de broche, de la cour asphaltée, des murs sans fenêtres...

— Tu as vu exactement ce que voient tous les enfants du monde à leur premier jour de classe: l'école, ce n'est pas autre chose qu'une prison. Les élèves sont parfaitement capables de le comprendre, et on leur rend un bien mauvais service en essayant de leur faire croire qu'on pense à leur bonheur en les y enfermant.

Quand nous sommes rentrés chez Victoria, mon livre de latin était encore ouvert sur la table de la cuisine. Mon père était à son bureau, en train d'écrire. Il s'est levé pour nous accueillir, et plutôt que de me réprimander, il m'a conseillé d'aller prendre une douche, puis il s'est dirigé vers la cuisine pour me préparer un repas chaud. Je suis allé enlever mes vêtements dans ma chambre, et j'ai vu que la lettre que je lui avais adressée était encore sur mon lit, bien cachetée. Je l'ai déchirée et jetée à la poubelle. Ensuite j'ai pris une longue douche, et je suis redescendu. La soupe était chaude, ma mère disait je ne sais quoi à propos du chauffe-eau défectueux qu'il faudrait remplacer, mon père parlait de mes prochaines versions latines, tout était rentré dans l'ordre, tout recommencerait comme avant.

* * *

Jamais nous n'avons reparlé de cet épisode, qui m'avait donné une furieuse envie de comprendre ce qui m'arrivait: pourquoi mon père consacrait-il sa vie à l'enseignement d'un seul et unique élève, que voulait-il prouver au juste? Et pourquoi est-ce que j'avais cette curieuse impression que ma fugue, loin de lui déplaire, lui avait donné quelque part un sentiment de fierté qu'il avait eu du mal à dissimuler?

Je ne sais pas ce qu'il a pensé ce jour-là. Ce dont je me souviens très bien, par ailleurs, c'est que je suis revenu de ma fugue avec une certitude absolue: à quatorze ans, je savais que je ne sortirais jamais de mon histoire.

Quelques semaines plus tard, Hélène allait entrer dans ma vie. Il n'y a là nulle coïncidence, j'en suis maintenant convaincu.

5

Peu importe s'ils se contredisent, peu importe s'ils ne sont pas fondés, le principe même des règlements est formateur. Dans la cour, mon père avait semé un carré de pelouse, absolument inutile en pleine campagne, et il m'était interdit d'y circuler. Chaque samedi matin, qu'il ait poussé ou non, il fallait tondre le gazon, une semaine en parallèles, l'autre en méridiens, pour éviter qu'il ne soit penché; c'est tout juste s'il ne m'obligeait pas à installer un tuteur par brin. L'automne, dès les premières chutes de feuilles, râteau en main, j'étais en état de mobilisation permanente: chaque matin, il fallait repousser l'ennemi dans la forêt. Comme il n'y avait pas de clôture, le moindre coup de vent ramenait les feuilles sur la pelouse. Je pensais souvent à Sisyphe, mais le poids de son rocher ne me consolait pas.

C'était un dimanche ensoleillé, le premier dimanche de mes quinze ans, et comme le vent soufflait du bon côté, je n'avais pas eu beaucoup de travail. Quand la montagne de feuilles fut presque terminée, je me suis demandé ce que je pourrais faire pour en profiter, et je n'ai pu trouver mieux que de m'y ensevelir. Les feuilles étaient pleines de soleil, j'observais leurs fines nervures, je me remplissais les narines de la bonne odeur de la terre humide, et j'avais complètement oublié que nous recevions ce jour-là de la visite de la ville. Quand j'ai entendu la voiture s'engager dans l'allée, je me suis demandé si ce serait encore d'ennuyeux universitaires étrangers venus mesurer l'étendue de mes connaissances ou bien les extraterrestres qui viendraient enfin pour m'emmener ailleurs.

Ce jour-là, les extra-terrestres sont descendus de leur voiture allemande, et nous les avons accueillis dans la cour. Mon père s'est chargé des présentations: mon fils, mon épouse, monsieur Delorme, doyen de la faculté de pédagogie, madame Delorme, et leur fille Hélène. Elle n'était pas contente, Hélène: regard insolent, mâchée de gomme, main sur la hanche, façon de dire ne vous y trompez pas, ce n'est pas ma faute si je suis là. Hélène n'avait absolument rien d'un fantôme diaphane. Elle était plutôt costaude, avec des cuisses qui remplissaient bien ses jeans, et elle avait une démarche lente et valsante, comme si elle avait toujours à contourner d'invisibles obstacles.

Aussitôt entré, le doyen m'a pris à l'écart pour me poser quelques questions: civilisation romaine, subjonctifs et compagnie. Je répondais nonchalamment, en enlevant les feuilles mortes qui s'étaient accrochées à mes épaules, et je l'entendais penser à haute voix: «Remarquable, tout simplement remarquable.» Un peu plus, il m'aurait demandé de lui montrer mes dents pour s'assurer que j'avais bien le même âge que son inculte de fille.

Mon père était aux cuisines, ma mère faisait la

conversation, et je m'occupais du service. Hélène continuait son numéro: les coudes sur la table, elle avait commencé à manger avant que les autres ne soient servis. Par de discrets numéros de mime et des regards insistants, son père tentait désespérément de lui faire comprendre que son comportement était déplacé, mais elle l'ignorait superbement.

Quand mon père s'est installé, elle avait déjà fini de manger. Sans demander la permission, elle s'est retirée de table et est allée fouiller dans la bibliothèque. À chaque titre, elle prenait l'air surpris et dégoûté d'un naturopathe qui aurait lu la liste des et/ou sur un emballage de saucisses. Aucune tenue, un maintien de nouille, on aurait dit que les seuls muscles qu'elle utilisait étaient ceux qui lui servaient à faire la moue. Le doyen baissait les yeux, et recoiffait de sa main les rares mèches de cheveux avec lesquelles il tentait de dissimuler sa calvitie. Mon père regardait Hélène mais, à ma grande surprise, il ne semblait pas horrifié.

L'alcool aidant, la conversation a tout de même fini par démarrer. Le doyen n'en finissait plus de se lamenter: crise des valeurs, abdication des autorités, degré zéro de la culture, écriture au son, bientôt on collera des étoiles jaunes dans le dos de ceux qui savent lire. À la fin de chaque phrase, il faisait une pause pour permettre à mon père de renchérir, mais celui-ci restait de glace. Mal à l'aise, le doyen a voulu tenter une diversion. À voix basse, il nous a invités à jeter un coup d'œil sur sa fille, qui venait d'ouvrir un traité sur les mœurs dans la civilisation grecque. Vision d'horreur: les lèvres d'Hélène bougeaient quand elle lisait. Dès qu'elle s'est aperçue qu'on la regardait, elle a refermé le livre, l'a jeté sur la tablette et a quitté la pièce en claquant la porte.

— Va rejoindre Hélène, Jacques.

— Et mes légumes?

— Va la rejoindre, j'ai dit!

— Bien, papa. Madame, monsieur, veuillez m'excuser.

Les mains dans les poches, Hélène marchait sur la pelouse. Il faisait froid, je n'avais pas eu le temps de mettre ma veste, je la suivais à quelques pas, sans savoir que dire.

— Qu'est-ce que tu veux, le chien savant?

— Je ne veux rien, c'est mon père qui m'a obligé à sortir.

Elle m'a regardé droit dans les yeux, et son agressivité s'est complètement dissipée.

— C'est vrai que c'est un nazi, ton père, qu'il t'enferme dans une prison, qu'il te torture, qu'il te fait apprendre le latin?

Je lui ai répondu que ce n'était pas tout à fait cela, mais que c'était tout de même un peu vrai. J'essayais de ne pas trop parler: ses lèvres humides, gonflées à force de faire la moue, la buée qui ponctuait ses phrases, ses cheveux défaits, ses seins libres sous son chandail... J'avais l'affectivité plutôt fruste, et je me sentais habité par une grosse boule d'émotions brutes qui m'empêchait de réagir. Quand j'ai vu qu'elle se dirigeait vers la porte, j'ai dit n'importe quoi, pour la retenir.

— Pourquoi dis-tu que mon père est un nazi?

— Quand mon père invite ses collègues de l'université, c'est toujours comme ça qu'ils l'appellent. Ça ne l'empêche pas de le flatter dans le sens du poil. Tu as entendu ce qu'il a dit? Tu parles d'une girouette!

Quand nous sommes finalement rentrés, elle avait changé d'attitude. Elle gardait toujours sa moue mais se comportait quant au reste de manière presque civilisée. Autour de nous, la conversation piétinait, on se débattait comme on pouvait pour chasser les grands pans de silence qui tombaient du plafond.

Après le digestif, tout s'est passé très vite: nous sommes allés reconduire les Delorme à leur voiture, la mère d'Hélène s'est installée au volant, son père a ouvert le coffre, en a sorti une valise qu'il a donnée à sa fille, et ils sont partis.

—Jacques, veux-tu aider Hélène à monter sa valise? Elle s'installera dans la chambre des invités.

6

Contre toute attente, Hélène s'est mise à l'étude sans rechigner, mais comme elle avait beaucoup trop de retard pour qu'on puisse poursuivre le programme normal, j'ai vite été promu assistant-dictateur. Accord des participes, concordance des temps, algèbre, elle mettait les bouchées doubles avec une belle application, et même un peu trop à mon goût: en plus de corriger ses copies, je devais lui inventer chaque jour des exercices et des examens. Ce fut ma toute première expérience dans l'enseignement, et si je n'avais pas été si souvent distrait par sa tête penchée sur ses feuilles blanches et par ses cheveux qui traçaient d'invisibles dessins dans les marges, je pense que je m'en serais malgré tout assez bien tiré.

Sa capacité de concentration était si faible que nous devions entrecouper les périodes d'étude de longues promenades. Habituellement, nous marchions sur la route et nous rebroussions chemin dès que nous arrivions à la limite du village. Jamais je n'ai essayé de lui prendre la main, jamais, pendant tout son séjour, je n'ai même tenté de la toucher en simulant quelque maladresse. Sa seule présence à mes côtés, la seule idée qu'elle empruntait pour quelque temps les mêmes chemins que les miens, suffisaient à me combler.

À la veille de son départ, je l'ai invitée à m'accompagner dans mon sentier préféré, celui qui mène à la frontière. J'aimais bien le contraste entre cette forêt touffue et, soudain, cette grande zone rasée, à perte de vue. De l'autre côté on apercevait, par-dessus la cime des arbres, une immense cheminée, seul vestige d'une usine depuis longtemps détruite.

— Qu'est-ce que c'est? me demanda Hélène.

— C'est tout ce qui reste d'une usine plutôt bizarre. D'après mon père, elle appartenait à une espèce de savant fou, qui y construisait des caissons de bois qu'il vendait très cher.

— Des caissons? Comment s'appelait-il, le savant?

— Je ne me souviens plus... C'est drôle, quand mon père prononce son nom, ses babines tremblent, on dirait un chat qui surveille un oiseau derrière une vitre. Ritch, Reich...

— Reich, Wilhelm Reich. Et ses caissons, c'étaient des accumulateurs d'orgones.

— Des quoi?

— Des accumulateurs d'orgones. D'après Reich, l'orgone est une sorte d'énergie sexuelle qui circulerait dans l'espace. À l'aide de ses caissons, comme tu dis, il pensait pouvoir capter cette énergie, qui ressemblait d'après lui à un fluide bleuté. Mon père m'en a souvent parlé. Reich est très populaire, à l'université. Quant à savoir s'il était fou ou non... À propos, penses-tu que tu pourrais venir dans ma chambre, ce soir?

Dans sa chambre... Depuis qu'Hélène était arrivée, mon père s'était effacé. Il passait de longues heures enfermé dans son bureau à rédiger ses articles, et nous ne le voyions que le soir, à table. Entre deux bouchées, il posait quelques questions à Hélène pour contrôler ses connaissances, mais ses réponses ne semblaient pas l'intéresser, il était distrait, et même absent. C'était comme si, de me voir enseigner, il avait pris un coup de vieux. Comment réagirait-il si j'allais rejoindre Hélène? Il ne me l'avait pas explicitement interdit, je ne risquais donc pas de désobéir; de plus, il avait toujours scrupuleusement respecté mon territoire, je l'imaginais mal coller son œil contre le trou de la serrure... Et de quoi Hélène voulait-elle me parler, au juste? Peut-être voudrait-elle m'enseigner quelque chose à son tour, quelque chose à propos de l'orgone...

— Et alors? Tu viendras ou non?

— J'irai.

* * *

À huit heures, mon père était enfermé dans son bureau. J'ai attendu quelques instants, et je suis monté dans sa chambre. Elle était assise en tailleur sur son lit, je me suis installé par terre, le dos appuyé contre le mur. Elle avait entrouvert la fenêtre, et fumait des cigarettes qu'elle écrasait dans un morceau de papier d'aluminium.

— Chez moi, je fume quand je veux, et où je veux. Ici, il faut se cacher, c'est amusant... Pourquoi est-ce qu'il est comme ça, ton père?

J'ai essayé de lui raconter le peu que je savais de

son histoire: il avait été élevé à Summerhill, une école anglaise dont il avait toujours gardé un très mauvais souvenir...

—Je ne te demande pas de me raconter son histoire, je te demande pourquoi nous pouvons être ici, tous les deux, la porte fermée, à fumer des cigarettes? S'il était vraiment un dictateur, il serait monté depuis longtemps.

— Bon, je vois où tu veux en venir. Moi aussi j'ai parfois l'impression qu'entre son personnage et ce qu'il est vraiment, il y a un gouffre. On dirait que toutes ses théories, ses articles, ses conférences ne sont que de la poudre aux yeux... Ou plutôt, que ce n'est que la face visible de la lune, qu'il y a autre chose derrière.

— Mais quoi?

—Je ne sais pas. Mais peut-être aussi est-il fatigué de l'autorité, tout simplement, peut-être a-t-il perdu la foi. Dans les articles, on semble toujours parler de lui comme s'il s'agissait du dernier représentant d'une espèce en voie d'extinction, ou même d'une espèce éteinte depuis des siècles. Parfois, je me dis que ce n'est ni le déluge ni une pluie de météorites qui sont venus à bout des dinosaures: ils se sont éteints d'eux-mêmes, par lassitude.

— Peut-être. En tout cas, il y a quelque chose que je veux te dire. Quand mon père m'a dit que je viendrais étudier ici, j'ai pensé qu'il faisait une blague: ses collègues avaient dit tant de mal de ton père, et il était le premier à renchérir. Au début, j'ai cru que je vivrais le martyre. Mais plus je te connais, plus je t'envie: pas de téléphone, pas de télévision, pas de sexe... Il y a quelque chose de pas bête dans ta vie, de pas bête du tout. Je pense que tu as beaucoup de chance, finalement.

Quand nous nous sommes levés, elle s'est serrée contre moi, à peine une accolade, puis j'ai regagné ma chambre, emportant avec moi des milliers de questions qui allaient longtemps tourbillonner dans ma tête, mais aussi des stigmates de chaleur dans le cœur. Oui, j'avais de la chance.

7

Depuis le départ d'Hélène je m'enfermais chaque soir dans ma chambre. Je m'étendais sur mon lit, et j'enfonçais dans mon oreille un petit écouteur qui ressemblait à un osselet, ou plutôt à un champignon couleur crème. Un petit fil se tortillait jusqu'à un minuscule transistor, dissimulé dans le tiroir de ma table de chevet. À travers les crépitements, les parasites et la friture, entre deux publicités criardes, j'entendais parfois la voix de quelque chanteur, les miaulements des guitares en chaleur, et je pensais à Hélène, qui m'avait laissé ce cadeau. Comme si j'avais eu besoin de quoi que ce soit pour penser à elle, comme si je n'avais pas été capable d'imaginer tout seul que toutes ces chansons avaient été composées pour nous deux. Des vagues chaudes montaient dans tout mon corps, j'en oubliais de surveiller le rai de lumière, sous la porte, et je me délectais de ce mal qui me faisait tant de bien.

Je la reverrais dans six semaines, dans six mois, dans six ans, peu m'importait du moment que je savais que je verrais encore ses cheveux faire des dessins invisibles dans les marges des cahiers, que nous pourrions encore marcher dans les sentiers en parlant de l'orgone. Elle n'avait passé que deux pauvres petites semaines chez Victoria, mais c'était plus qu'il n'en fallait pour donner un grand coup de Jouvence à la vieille reine et pour charger ma mémoire de souvenirs que je déballais chaque soir, dans mon lit, en les réinventant chaque fois plus vivants, en les débarrassant des détails inutiles, en leur donnant plus de présence encore que si elle avait été là.

* * *

Toute la journée, j'étudiais comme un forcené. Je dévorais mes livres de chimie et de physique, j'allais à la chasse aux grenouilles pour perfectionner mes connaissances en anatomie et en biologie, et je rédigeais mes observations si rapidement que des traces de fumée apparaissaient sous la course de mon stylo. J'essayais de ne penser à rien d'autre qu'à mes exercices le plus longtemps possible, et quand je me sentais prêt, j'arrêtais en plein milieu d'une phrase, je fermais les yeux, et je voyais l'image d'Hélène se recomposer sous mes paupières, une belle image pleine, concentrée, à haute définition.

J'étudiais tellement bien que mon père s'est mis à dépérir. Parce qu'il avait lu quelque part que le phosphore stimulait l'intelligence, il ne montait jamais à son bureau sans quelques boîtes de sardines ou de thon. Son teint, naturellement pâle, devenait phosphorescent, et quand il faisait trop chaud on voyait grimper le mercure à travers sa peau. Il s'est mis à fumer comme une cheminée et à boire des gallons de café, il devenait nerveux, petit, rabougri.

Ses méthodes pédagogiques l'avaient vidé. Chaque leçon était unique, et il n'avait pas la chance de se répéter jusqu'à la fin de ses jours, d'amortir son investissement sur toute une vie d'enseignant. Il apprenait la veille ce qu'il faisait semblant le lendemain de savoir depuis toujours, et les veilles étaient courtes. Il passait ses nuits à préparer des versions latines, de la physique, de l'astronomie, de la chimie et des mathématiques... C'est un miracle que sa tête n'ait jamais éclaté.

Il descendait souvent à la cave, le soir. Il n'y restait que quelques instants, puis en remontait surexcité, se cognant la tête à chaque marche. Il s'enfermait alors dans son bureau, et j'entendais grincer sa plume jusque dans ma chambre. J'en profitais pour aller fouiller dans tous les recoins du sous-sol pour percer son secret, mais je n'y trouvais ni bouteilles, ni seringues, ni pilules, rien que de la terre humide, rien que les dessous de Victoria.

C'est finalement un cours de biologie qui m'a mis la puce à l'oreille. Si nous devions en croire les plus récentes théories, m'expliquait-il, l'intelligence se réduirait à un ensemble de circuits électriques. En vieil humaniste, il avait affirmé que c'était pure foutaise: comment expliquer que de l'électricité puisse parfois donner une tragédie grecque, et d'autres fois un traité de pédagogie?

Un soir, je l'ai suivi, sur la pointe des pieds, je l'ai vu s'approcher du compteur électrique, régler un appareil à cadran, prendre deux fils entre ses doigts, tressauter...

C'était devenu une drogue, et bientôt il ne cher-

cherait même plus à s'en cacher: il installerait une chaise en permanence à côté du compteur, et raconterait je ne sais quoi à propos de traitements pour l'arthrite qu'il venait de s'inventer.

* * *

À l'approche de mon dix-huitième anniversaire, il était comme un de ces joueurs de football à la retraite qui hantent pendant quelques saisons les lignes de touche, puis les estrades, et rentrent finalement chez eux écouter les matchs à la télévision. Je travaillais encore dans mes livres toute la journée, mais c'est à peine s'il corrigeait mes copies. Finis les thèmes imposés, j'avais entière liberté de faire mes dissertations sur le sujet de mon choix. Les périodes libres se multipliaient comme les mauvaises herbes sur le gazon, qui n'était plus entretenu. Parfois, je commettais volontairement des bourdes, des erreurs monstrueuses, je n'accordais même plus mes participes, et jamais il ne réagissait, jamais le moindre mouvement de colère, la moindre moue. Quand un joueur de football a les genoux en morceaux, on peut toujours le traiter avec un sac de glace ou une injection de cortisone; mais que peut-on faire d'un professeur qui a l'autorité en compote?

Je sentais bien que son désintérêt pour mon éducation était irréversible, je le voyais dépérir à vue d'œil, et cependant j'ai continué à travailler avec un surcroît de zèle. Pourquoi ne lui ai-je pas donné de répit, pourquoi n'ai-je pas éprouvé ne serait-ce qu'une once de pitié? Est-ce que je voulais le faire craquer, ou bien est-ce que je voulais me gonfler d'eau, comme un chameau avant la traversée du désert?

8

Fin juin, la grosse voiture noire des inspecteurs s'est engagée dans l'allée. Toujours la même voiture, la même antiquité ronde, le même bruit des pneus sur le gravier et de la tôle du capot, trop chaude, qui crépitait longtemps après que le moteur s'était éteint en toussotant. Les inspecteurs sont entrés avec un grand sourire aux lèvres. Quand mon père leur a offert une consommation, ils n'ont pas refusé. Nous étions tous au salon, en tenue du dimanche.

— Il était temps que ça finisse, dit l'un des inspecteurs, la voiture va rendre l'âme.

— Vous avez ce qu'il faut? demanda mon père.

L'inspecteur a fouillé dans sa serviette de cuir, en a sorti une grande enveloppe qu'il m'a remise avec cérémonie.

— Ça n'a pas été facile, mais tout est dans l'ordre. Cher monsieur, me dit-il, vous voilà titulaire d'un diplôme qui n'a plus cours depuis bien longtemps.

J'ai ouvert l'enveloppe: un grand document sur papier vélin, *Summa cum lauda* en lettres gothiques, un sceau de cire, une signature. Pendant que j'admirais mon précieux diplôme, les deux inspecteurs en ont profité pour se lever.

— Vous remarquerez que le ministre a utilisé une plume pour signer, pas un stylo. On sait encore faire les choses, au ministère... Voilà, nous n'avons plus rien à faire ici. Monsieur, madame, je vous salue.

Mon père ne s'est même pas levé pour les accompagner jusqu'à la sortie.

* * *

Quand il est mort, deux semaines plus tard, les journaux n'en ont même pas parlé. On fait toujours grand cas du décès des politiciens, des comédiens et des chanteurs, mais on garde sous silence celui des pédagogues. À la rentrée, les revues pédagogiques ont évidemment fait mention de sa disparition, mais sous les fleurs de la rhétorique de circonstance, on devinait un grand soulagement. Quant à moi, j'étais dans le brouillard. Autant sa mort avait été subite, autant son absence allait durer longtemps, très longtemps.

9

Pendant tout un mois, j'ai continué à me réveiller très tôt, comme j'en avais l'habitude, et chaque matin j'étais étonné de ne pas entendre les bruits coutumiers de l'eau qui bouillait, des ustensiles qu'on sortait du tiroir, ou de la plume qui grinçait en préparant les derniers exercices. En passant devant sa chambre, je regardais les motifs du couvre-lit, parfaitement parallèles, les franges qui pendaient à un centimètre exactement du plancher, et le pli sous les oreillers, absolument impeccable. Tout était si propre, si net, que je refermais vite la porte de crainte que le reste de la maison ne s'engouffre dans ce grand vide.

Comme un automate, je m'installais à la table de la salle à manger en attendant qu'il me donne des devoirs. Au bout de quelques instants je me secouais et j'essayais d'apprendre par moi-même les mathématiques ou de traduire Sénèque, mais je n'arrivais à rien. Maintenant qu'il s'agissait de ma propre vie, j'étais devenu incapable d'apprendre sans comprendre.

Ma mère, qui dormait sur le sofa du salon, se réveillait souvent très tard. Je rangeais alors mes cahiers, un peu gêné, et j'allais déjeuner avec elle. Je ne pouvais m'empêcher de la harceler de questions:

avait-il été assez buté pour avoir consacré vingt ans de sa vie à vivre en reclus, par simple esprit de vengeance? Pourquoi cet acharnement maladif à attaquer l'esprit de Summerhill, pourquoi tous ces articles haineux où il donnait mes performances en exemple pour démontrer l'inanité des thèses de Neill? Et s'il avait été vraiment sévère, pourquoi est-ce que je n'avais jamais souffert de son autorité? Qu'avait-il attendu de moi?

— Tu poses trop de questions. Tout ce que je peux te dire, c'est que ton père était un pédagogue exceptionnel, et qu'il n'a jamais été reconnu à sa juste valeur. Maintenant qu'il est mort, peut-être s'apercevront-ils que c'est lui qui avait raison.

— Qu'est-ce que tu vas faire, maintenant?

— À l'école, on m'a offert un poste de direction. J'ai bien envie d'essayer. Et toi?

— Je ne sais pas. Continuer à étudier, peut-être, je ne sais rien faire d'autre.

— Prends ton temps pour y penser, rien ne presse. Repose-toi un peu, ensuite tu décideras. Avec les assises qu'il t'a données, rien de mal ne peut t'arriver.

* * *

Malgré tous mes efforts, je me réveillais toujours très tôt, et les journées étaient bien longues. Je m'entêtais pourtant à paresser, je mangeais n'importe quoi à n'importe quelle heure, je fumais des cigarettes, je faisais les cent pas, et le soir, je m'efforçais de terminer le plus vite possible la réserve d'alcool. Au bout de deux semaines, je n'arrivais toujours pas à rester longtemps vautré sur le fauteuil sans avoir mal au dos, et je me sentais toujours nu quand je ne portais pas de cravate. L'adolescence, ça ne s'improvise pas.

Pendant que ma mère rangeait des cahiers dans des boîtes de carton, je me promenais dans la maison, complètement désœuvré. Toutes ces heures devant moi, ces vides à meubler, cette vie à remplir... Je tournais en rond, et je ne savais même pas autour de quoi. Je regardais la bibliothèque, les planches courbées sous le poids des livres, les disques bien droits dans la discothèque, et je me sentais tout à fait seul, irrémédiablement seul, et parfaitement inutile, comme un grain de sable avant l'invention des engrenages.

10

Ma mère était partie en ville. Incapable de rester plus longtemps à ne rien faire, j'ai entrepris de me livrer à des fouilles systématiques: quelques vieilles photos, des tonnes d'articles, des souvenirs épars glanés çà et là, je ne savais presque rien de l'histoire de mes parents, et encore moins de celle de mes grands-parents, que je n'avais jamais vus. Mais si les anthropologues peuvent déduire les mœurs d'une civilisation perdue à partir d'un fragment de poterie, si un morceau de tibia suffit à reconstituer un dinosaure, pourquoi ne pas essayer de mettre un peu d'ordre là-dedans, pourquoi ne pas chercher à comprendre ce qui m'arrivait?

À tout seigneur tout honneur, j'ai commencé par explorer la cité interdite, leur chambre à coucher. Des vêtements dans les tiroirs de la commode de ma mère, des revues sur les tables de chevet, des moutons sous le lit, ce n'était ni Pompéi, ni Lascaux. Dans le dernier tiroir de la commode de mon père, sous les pyjamas, un vieil album de photos que j'ai feuilleté délicatement, de peur que le vieux papier séché ne se déchire. Sur la première page, un portrait de grand-père Guillaume entouré de cette auréole lumineuse qu'aimaient placer les photographes de l'époque autour des têtes des pires bandits. Guillaume ressemblait vaguement à mon père, en moins sévère. Au dos de la photo, le nom du studio, situé à Vancouver. Sur une autre photo, visiblement prise par un amateur, on voyait Guillaume en compagnie d'une jeune femme qui était sans doute ma grand-mère, comment s'appelait-elle, déjà? Évelyne. Ils étaient tous deux assis à une terrasse, dans une ville du vieux continent. Toutes les autres photos avaient été prises à la même époque, en face d'un bâtiment de bois un peu déglingué. On voyait encore grand-père et grand-mère, un enfant qui devait sans doute être mon père, et divers personnages souriants, dont un homme élancé qui avait de grandes oreilles en soucoupes et qui fumait la pipe. Ensuite, quelques photos de mes parents devant Victoria, puis Jacques à l'infini: Jacques au berceau, Jacques fait ses premiers pas, Jacques lance un caillou dans l'étang, Jacques étrenne sa nouvelle cravate, Jacques donne un morceau de pain à un écureuil, Jacques rêvasse au pied d'un arbre... Jamais on ne me voyait lire un livre de latin, écrire une composition ou observer quelque brindille au microscope. Peut-être y avait-il là un phénomène de compensation: mon père avait tellement écrit sur mes études qu'il avait senti le besoin d'en photographier l'envers.

Dans le bureau de ma mère, mes fouilles n'ont guère été fructueuses: listes d'élèves, factures, poussière au fond des tiroirs, pas de journal personnel, pas de photo, rien.

Restait le bureau de mon père, que j'avais gardé pour le dessert. Sur son pupitre, des livres, des revues, et un petit cahier noir, cartonné, un de ces cahiers que j'avais l'habitude de lire en cachette quand je voulais savoir ce qu'on disait de moi dans les universités. J'aimais bien son écriture: les lettres étaient minuscules, les phrases serrées, les mots étouffaient, on aurait dit qu'il s'était entraîné toute sa vie à écrire des clauses secrètes de garanties; peu d'espace entre les lignes, nulle place où le doute puisse s'installer, il aurait tant aimé croire que sa pensée était à l'image de sa calligraphie: serrée, logique...

Bien qu'habitué à décoder ses hiéroglyphes, j'avais du mal à suivre ses raisonnements: il était tantôt question de mes études, tantôt de Neill, et tantôt encore de ce qui ressemblait à des souvenirs de Summerhill.

Summerhill... *Libres enfants de Summerhill.* J'ai déniché le livre dans la bibliothèque. Sur chaque page, des commentaires incisifs remplissaient les marges: «sophisme!», «fumisterie!», «et patati...». À l'endos, la photo du vieil homme aux oreilles en soucoupes, fumant la pipe.

Qui était grand-père Guillaume, qu'est-ce qui l'avait poussé à tant voyager, comment était-il mort, comment avait-il rencontré grand-mère Évelyne? Chaque fois que j'avais interrogé mon père sur son passé, il avait été embarrassé. Il profitait du moindre prétexte pour détourner la conversation et quand il daignait me répondre, ses phrases étaient toujours courtes, factuelles, un peu sèches, comme s'il avait été un accusé à qui son avocat aurait recommandé la plus extrême prudence.

Quand j'avais essayé de le faire parler de Summerhill, ses réponses avaient été si courtes, ses détournements de questions si grossiers, que j'avais eu l'impression de ne plus être un avocat de la poursuite mais un bourreau. J'étais souvent revenu à la charge, et il avait fini par m'interdire d'aborder ce sujet. Je m'étais évidemment incliné: ses interdictions étaient incontournables, jamais je ne l'avais vu revenir sur une décision.

Le soir, dans ma chambre, je me suis installé sur mon lit, j'ai savouré lentement une cigarette que je n'avais pas eu besoin de chaparder. Pourtant, je me levais encore pour exhaler la fumée par la fenêtre entrouverte, j'emballais soigneusement le mégot dans un petit morceau de papier d'aluminium, et je cachais la pièce à conviction au fond de ma corbeille à papier. Ensuite, je regardais le plafond, et j'essayais de comprendre mon histoire: mon éducation m'avait donné une mémoire bien rodée, un sens de l'observation développé, un esprit de synthèse hors du commun, de l'imagination pour boucher les trous, je savais que j'y arriverais.

11

Il y a très loin d'ici un pays de plaine et de blé, un pays si plat que lorsqu'il n'y a pas de nuages, on voit le ciel toucher la terre partout autour de soi. On se sent tout petit dans ce pays-là, surtout la nuit, quand il y a des étoiles plein le ciel et rien sur la terre, pas même de lumières aux fenêtres des maisons. On se sent plus petit encore quand on n'a que dix-huit ans et qu'on vient de quitter ce petit village perdu au milieu de la plaine, cette communauté religieuse au sein de laquelle on étouffait, où on ne lisait qu'un seul gros livre, où chaque tentative de se distinguer autrement que par la prière était sévèrement punie, où l'électricité, les miroirs, les chansons et les harmonicas étaient interdits.

Certains avaient toujours vécu ainsi et ne pouvaient même pas s'imaginer qu'il existait un autre monde. D'autres ronchonnaient intérieurement, mais y restaient quand même jusqu'à la fin de leurs jours. D'autres enfin n'y arrivaient jamais. C'était comme une soif qu'ils avaient au ventre, ils voulaient savoir ce qu'il y avait au-delà du point de rencontre de la terre et du ciel.

Guillaume, mon grand-père, avait dix-huit ans

quand il avait décidé de partir tout seul, au milieu de la nuit, n'emportant avec lui qu'une couverture et un morceau de pain. Il avait marché pendant des jours et des jours, et à chaque pas il se sentait grandir. Il avait appris à observer les arbres, les oiseaux, et surtout le ciel, par-dessus les arbres et les oiseaux. Le soir, il passait des heures étendu sur le sol, à regarder les étoiles et les aurores boréales, et à se demander pourquoi il avait toujours soif.

Il avait marché ainsi jusqu'au pied des immenses montagnes qui bordent ce pays-là, il avait traversé les montagnes, et il était arrivé dans une petite ville où il y avait des restaurants aux murs couverts de miroirs, dans lesquels des hommes chantaient, jouaient de l'harmonica et buvaient des gallons d'une liqueur qui brûlait l'estomac. Guillaume avait bu et chanté avec ces hommes, mais l'alcool ne calmait pas sa soif, et quand il marchait dans les rues de cette petite ville, les édifices lui semblaient bien petits, et le ciel encore beaucoup trop vaste.

Alors il avait quitté cette ville, il était descendu vers le sud, il avait visité d'autres villes plus grandes, il avait traversé le continent sans jamais découvrir ce qu'il cherchait, comme il arrive souvent à ceux qui ont trop soif, à ceux qui recherchent l'immortalité plutôt que l'éternité à la fin de leurs jours. Pour aller plus loin encore, il avait pris un bateau qui l'avait transporté de l'autre côté de l'océan, dans un vieux pays où il avait continué à chercher, dans les rues des villes et dans les lignes des livres, quelque chose qu'il aurait été bien en peine de nommer.

C'est dans une de ces villes du vieux continent

qu'il s'était lié avec des jeunes gens qui lui ressemblaient. Plutôt que de marcher sans fin en regardant le ciel, ils s'épuisaient à écrire des livres, à dessiner, à sculpter, à faire des objets qui leur survivraient. Guillaume s'était installé dans un petit atelier sous les toits, il avait acheté des toiles, un chevalet, des pots de couleur, et avait entrepris de peindre des natures mortes, des paysages, des cubes, des triangles, mais rien de ce qu'il produisait ne le satisfaisait.

Un jour, une jeune femme est entrée chez lui. Elle s'est dévêtue, s'est étendue sur son lit. Guillaume n'avait jamais rien vu d'aussi beau. Incapable de quitter des yeux son modèle, il a décidé d'abandonner sur le champ sa courte carrière de peintre. La jeune fille modèle s'appelait Évelyne.

* * *

Évelyne avait été élevée dans une famille d'honnêtes gens qui habitait une grande ville construite sur une île au milieu d'un fleuve, à des milliers de kilomètres du petit village où Guillaume avait vu le jour. Le père d'Évelyne était juge. Quand il daignait adresser la parole à sa fille, ce qui lui arrivait très rarement, il commençait toujours par sortir de la poche de sa veste une gigantesque montre en or. Il ouvrait le petit couvercle de métal, fronçait les sourcils, et disait: «Il est l'heure!» Jamais il n'avait commencé une phrase autrement, et jamais il ne l'avait terminée autrement que par une consigne. À cinq ans déjà, Évelyne rêvait de tordre toutes les aiguilles de toutes les montres de la terre.

Monsieur le juge n'avait pas de temps à perdre à parler à sa fille, ni d'ailleurs à sa femme, qu'il avait épousée parce qu'il était convenable qu'un homme de sa condition se marie, et parce qu'il aurait été bien incapable de repriser ses chaussettes ou de repasser ses pantalons. Quand elle lui avait demandé de lui faire un enfant, il avait trouvé que la chose était convenable, et s'était exécuté en songeant qu'il était juste de remercier son épouse pour la dot colossale qu'elle lui avait apportée et pour les repas qui étaient toujours servis à l'heure.

À six ans, Évelyne avait été placée dans un couvent. Elle détestait la prière, la broderie et les sœurs. Comme elle était très jolie, les religieuses pensaient qu'elle inspirait le péché, et elles s'acharnaient sur elle: lave le parquet du réfectoire, ma belle Évelyne, et monte à genoux les marches de la chapelle, et baisse les yeux, et cesse de répliquer quand on te parle, et recopie encore l'acte d'humilité.

Le jour de son dix-huitième anniversaire, ses parents avaient annoncé à Évelyne qu'ils lui avaient trouvé un bon parti. Son fiancé était un veuf de quarante-cinq ans, énorme, visqueux, boutonneux, et avocat de la couronne de son métier. Évelyne le détestait, mais elle avait tout de même fini par accepter l'idée du mariage. Comme cadeau de fiançailles, elle avait demandé à ses parents de lui offrir un pèlerinage à Lourdes. Touchés par sa piété, ses parents avaient accepté avec enthousiasme, mais il était évidemment hors de question qu'elle entreprenne seule un si long et si périlleux voyage; aussi avait-il été convenu que sa vieille tante lui servirait de chaperon.

Lorsqu'elles étaient arrivées à Paris, Évelyne avait annoncé à sa tante qu'elle avait un besoin urgent. La tante avait attendu à la porte. Dix minutes plus tard, inquiète de ce que sa nièce mette tant de temps, elle était entrée à son tour et avait trouvé l'endroit vide. Au fond de la pièce, une chaise, appuyée contre le mur, une fenêtre ouverte...

Pour se disculper, la tante avait inventé une sordide histoire de trappe, de drogue et de traite des blanches. On avait cherché en vain Évelyne à Casablanca, à Bagdad et à Beyrouth, et puis on avait abandonné les recherches. On dit que la publicité qui avait entouré cette triste histoire avait beaucoup aidé à l'élection du père d'Évelyne, qui fut député, ministre, puis sénateur. Quant à la mère d'Évelyne, elle a cultivé si longtemps son chagrin qu'un médecin lui a donné un petit bout de papier sur lequel il avait écrit: «Mélancolie involutive.» Grâce à ce petit bout de papier, sa vie a été transformée. Elle pouvait le présenter à n'importe quelle pharmacie et recevoir en échange une jolie collection de pilules de toutes les couleurs, dont elle faisait une grande consommation.

* * *

Pendant un an et un jour, Guillaume et Évelyne dansèrent la valse sur les quais de la Seine, sans manger ni dormir. Les cerisiers, les lilas et les muguets étaient perpétuellement en fleurs; les oiseaux-mouches, gavés de pollen, prenaient de l'embonpoint; les sirènes d'usine jouaient du Vivaldi avec accompagnement de cloches d'églises; sur toutes les places, des jeunes gens dansaient au son des accordéons; c'était l'âge d'or de la chanson française. Pendant un an et un jour, Évelyne et Guillaume furent heureux.

L'année suivante, les oiseaux désertèrent Paris, il plut sans arrêt, et les muses abandonnèrent les poètes. Évelyne et Guillaume se reposèrent dans la petite chambre sous les toits, ne sortant que pour acheter du vin, du pain, des croissants et des fruits.

À la fin de l'année, un fluide bleuté avait circulé entre eux, et une ombre d'énergie s'était fait une niche dans le ventre d'Évelyne, qui se mit à se sentir faible, à souffrir d'étourdissements, et à demander à manger des fraises en plein hiver. Elle n'était pas très contente. Guillaume, lui, était ravi: ce n'était pas tout à fait l'immortalité, mais c'était encore ce qui se faisait de mieux comme substitut.

Quelques mois plus tard, un bébé était sorti du ventre d'Évelyne. Compact, plissé et nerveux, le petit Louis était bien décidé à ne pas s'en laisser imposer par qui que ce soit, et surtout pas par ses parents.

Tous les amis de Guillaume et d'Évelyne proclamaient bien haut leur haine viscérale à l'endroit des notaires, des épiciers et des militaires. N'ayant pas eux-mêmes d'enfants, ils s'entendaient comme larrons en foire pour submerger les nouveaux parents de conseils: il fallait élever Louis dans la plus totale liberté, en faire une bombe de bonheur qu'on lancerait à la face de la bourgeoisie. C'est ainsi que Guillaume et Évelyne, non contents d'avoir donné naissance à un enfant, se mirent en tête de faire son bonheur.

12

Évelyne était-elle vraiment la fille d'un juge, était-il possible qu'elle ait été si délurée, Guillaume était-il vraiment né dans une de ces communautés religieuses des Prairies dont m'avait déjà parlé mon père, peu m'importait. L'essentiel, c'était qu'ils aient tous les deux été profondément attachés à l'idée de liberté. Le reste de leur chemin était tracé à l'avance: ils iraient visiter Summerhill, le petit Louis y subirait le martyre...

Ensuite, Louis se trouverait une compagne qui avait peut-être elle aussi des comptes à régler avec ses parents, ils boiraient un verre, et un autre, et un autre encore, puis ils copuleraient bêtement, sans précaution. Deux cellules vaguement grises se rencontreraient, se multiplieraient comme un cancer, et neuf mois plus tard naîtrait un petit Jacques tout plissé qu'on enfermerait dans une école perdue en pleine campagne, et dont on se servirait comme cobaye pour démontrer les mérites de l'autorité bien comprise.

Mais les cellules qui s'étaient rencontrées, ce n'était pas ma faute. Je n'avais rien décidé, rien demandé. Pourquoi est-ce que j'étais devenu le personnage principal d'une banale histoire de pendule, pourquoi est-ce que je n'étais pas gratuit, tout simplement?

Ce soir-là, je suis sorti de chez Victoria au milieu de la nuit et je me suis inventé une thérapie: installé devant le mur de la remise, des heures durant, j'ai lancé des pierres sur les vieilles planches, imaginant dans les veines du bois le nez de mon grand-père, l'œil de Neill, le menton de mon père. Systématiquement, planche après planche, j'ai complètement démoli le mur. Adieu Maurice Grevisse, adieu Cicéron, adieu Pline l'Ancien. Quand je suis rentré, j'ai mangé de bon appétit, et pour la première fois depuis bien longtemps, j'ai passé une excellente nuit. J'ai rêvé que je me retrouvais dans le sous-sol de Summerhill. Partout autour de la vieille bâtisse avait poussé un enchevêtrement indescriptible de longues tiges creuses, si larges que je pouvais y circuler. Quand je m'aventurais dans un des tunnels, je n'avais qu'à suivre les flèches pour me retrouver dans le sous-sol d'une autre école, dans une autre ville, dans un autre pays: comme un fraisier géant, Summerhill avait fait pousser des stolons dans tout le vieux continent. Une tige maîtresse passait par-dessus l'océan, et d'autres écoles-fraisiers avaient poussé dans chaque ville, dans chaque village d'un continent neuf. Au bout d'une de ces tiges, je me suis retrouvé tout naturellement dans un des interminables corridors d'une école géante, en compagnie de milliers d'étudiants et de professeurs qui avaient tous la tête de Neill.

En me réveillant, j'avais pris une décision: puisque le passé ne m'apprendrait rien, je plongerais dans le présent. J'irais visiter une filiale de Summerhill, je m'y enfoncerais corps et âme. Si la liberté en éducation était si terrible, je m'en rendrais bien compte à l'usage.

* * *

Pendant le reste de l'été, je me suis préparé à ma nouvelle vie en me gavant de modernités. J'ai écouté la radio, non pour les chansons mais plutôt pour les émissions d'informations, qui m'ont bien vite laissé sur mon appétit. Je suis ensuite allé quelquefois au village, d'où je revenais avec tous les journaux que j'avais pu trouver. De retour chez Victoria, je les dévorais du début à la fin. Je me souviens que je trouvais que les politiciens locaux n'étaient pas très doués pour la rhétorique, et qu'il y avait beaucoup trop de jeux du cirque à mon goût. Je me suis intéressé un peu plus longtemps aux informations internationales. Je me représentais Moscou comme une Sparte moderne, et Washington comme un mélange d'Athènes et de Babylone. Mise à part la portée des armes, rien n'avait vraiment changé, et je me suis senti rassuré.

La veille de mon départ, je suis sorti au milieu de la nuit, je me suis étendu sur le carré de gazon, que je n'avais pas tondu de l'été, et j'ai regardé le ciel. Il y avait une pluie d'étoiles filantes, une aurore boréale. J'ai pensé à Hélène, j'ai pensé que je réussirais un jour ou l'autre à comprendre quelque chose, puis je suis rentré préparer mes valises.

DEUXIÈME PARTIE

1

Je suis arrivé à l'heure au terminus du village, j'ai mis ma valise dans la soute à bagages, et je me suis assis sur le premier banc, près du chauffeur, pour bien regarder la route droit devant moi. Malgré les vitres teintées, j'avais l'impression que les forêts, les maisons et les usines qui défilaient à toute vitesse étaient solides, réelles, que mon univers prenait forme, que j'avais enfin décidé de quelque chose. Le pont métallique avait les pieds de ciment bien ancrés dans le lit du fleuve, et le temps était si clair qu'on pouvait distinguer toutes les poutrelles, tous les boulons, et jusqu'aux moindres taches de rouille.

En ville, j'ai pris un autobus jusqu'au pied de la montagne, et mon impression de réalité a vite pris des tournures désagréables: je sentais les regards des passagers grimper sur moi comme des tentacules dont les ventouses se collaient sur mes souliers vernis, montaient le long du pli de mon pantalon, entortillaient ma cravate, palpaient mon cou. Je suis descendu bien avant d'être arrivé à l'université, et j'ai fait le reste du chemin à pied. D'un pas à l'autre, j'ai essayé d'oublier ces regards en comptant les étages et les fenêtres de la grande tour vers laquelle je me dirigeais. Souvent, je me retournais brusquement: est-ce que j'apercevrais mon père, un contrôle à distance entre les mains? Il n'y avait rien d'autre que des passants anonymes, des arbres, des voitures qui laissaient derrière elles des nuages de fumée bleue, des autobus qui freinaient en grinçant. Dans le ciel, pas la moindre fissure dans laquelle il aurait pu se dissimuler pour tenir ses traverses de manipulateur de marionnettes.

Dans les corridors de l'université, je n'ai pas osé demander de l'aide pour trouver mon chemin. À force d'errer dans le labyrinthe, j'ai fini par dénicher le bureau du doyen, où une immense secrétaire toute en boudins et en babines faisait office de Minotaure: «Monsieur Delorme est en réunion, on ne s'adresse pas au doyen mais au registraire pour s'inscrire à l'université, et la période des admissions est depuis longtemps terminée, meilleure chance la prochaine fois.» Quand j'ai insisté pour prendre rendez-vous, elle a poussé un long soupir, et, en feuilletant son agenda, m'a finalement trouvé une période libre six mois plus tard. Dès que je lui ai décliné mon identité, elle s'est souvenue que la réunion de son patron était peut-être terminée et m'a demandé de patienter quelques instants. Deux minutes et douze excuses plus tard, Delorme me recevait.

Sa main était molle et moite, et il semblait horriblement nerveux. J'ai eu du mal à le reconnaître: il ne portait ni veston ni cravate, et les longues mèches de cheveux peignées au râteau avec lesquelles il tentait de dissimuler sa calvitie tombaient maintenant en boucles blanches sur son col roulé. Pendant qu'il regagnait son trône en me débitant des mondanités, j'observais la pièce, tout à fait conforme à ce que j'avais imaginé: moquette sombre, fauteuils sobres et confortables, classeurs, et l'immense bureau vide de tous ceux qui gagnent leur vie à signer des documents rédigés par leur secrétaire. Je suis resté longtemps les yeux rivés sur une affiche, derrière lui. Une grande affiche, collée directement sur le mur, sans cadre, sur laquelle un jeune homme et une jeune femme, blonds et nus, s'enlaçaient sur fond de coucher de soleil. En surimpression, quatre lettres roses, gigantesques: LOVE.

Visiblement mal à l'aise, il parlait en triples croches, tantôt se plaignant de la fusion prochaine de toutes les facultés, tantôt pondérant ses propos de vagues considérations sur la nécessité des réformes. À la fin de chaque phrase, il me regardait du coin de l'œil, à l'affût du moindre indice, mais je le voyais venir de loin avec son pot de colle et ses étiquettes: s'il voulait savoir si j'étais la copie conforme de mon père ou son contraire, ce n'était certainement pas moi, qui n'en savais rien, qui allais le lui dire.

Quand il s'est finalement résolu à me demander ce qui m'amenait, je lui ai répondu que je voulais obtenir un diplôme en éducation, et que j'avais besoin de son aide. En deux temps trois coups de fil, le tour était joué et la secrétaire m'apportait une grande enveloppe remplie de paperasse: je devais remplir un formulaire pour chacun des cinq cours que je choisirais parmi les cinquante qui m'étaient offerts, un autre pour avoir accès à la bibliothèque, un autre encore pour les frais d'inscription, et un autre, enfin, pour les résidences. Les résidences? Il m'a dit qu'il était un peu tard mais que peut-être, avec son intercession discrète... Je n'en demandais pas tant.

Je m'apprêtais à le quitter, mais je le voyais se mordiller les lèvres. Après mille détours, il a fini par me poser la question qu'il brûlait de me poser depuis mon arrivée.

— Est-ce que je peux vous demander, si ce n'est pas trop indiscret, la véritable raison qui vous incite à vous inscrire à l'université?

En le regardant droit dans les yeux, je lui ai répondu, tout simplement, que j'étais venu pour apprendre. Jamais je n'ai vu une réponse aussi évidente susciter tant de perplexité. C'était pourtant la simple vérité.

2

La cafétéria était bondée, bruyante, et il y flottait une forte odeur de pneus brûlés; comme je n'avais pas d'autre endroit où aller, je m'y suis risqué. J'ai mis un peu de temps pour comprendre qu'il fallait se servir soi-même. Une machine versait le café dans un verre de mousse blanche, le sucre était dans un sachet, et la crème dans un minuscule berlingot blanc qui ressemblait à un petit tambour.

Je me suis trouvé un coin de table libre entre deux étudiants qui allumaient des cigarettes et les utilisaient pour percer des trous dans les verres de mousse. Ceux qui ne fumaient pas découpaient des créneaux avec leurs ongles. Ils me semblaient concentrés sur leurs œuvres, et travaillaient avec un mélange de patience et d'obstination rageuse que je connaissais bien: les dimanches après-midi, chez Victoria, il m'était souvent arrivé de passer de longues heures à dénuder de petites branches de tremble. Rassuré, je me suis ensuite plongé le nez dans mes documents. Les titres des cours et le paragraphe explicatif qui les suivait étaient rédigés en charabia: qu'est-ce qu'on pouvait bien étudier, pendant quarante-cinq heures, dans un cours qui s'intitulait «Vivre avec soi»? Pour me simplifier la vie, j'ai fait mon choix au hasard. En consultant l'horaire, je me suis aperçu que mon premier cours, intitulé «Autonomie affective», commençait dans dix minutes. J'ai bu mon café en vitesse, rangé mes papiers dans ma serviette; aussitôt que je me suis levé, un étudiant s'est emparé de mon verre vide pour y percer des trous.

J'avais beau consulter ma montre, vérifier et revérifier le numéro du local, quelque chose m'échappait: l'amphithéâtre était désert. Je me suis tout de même installé au premier rang, j'ai sorti mes cahiers, et j'ai attendu. Il a fallu dix bonnes minutes avant que le premier étudiant ne se montre. Il m'a décoché un regard haineux et est allé s'asseoir à l'autre extrémité de la salle, au tout dernier rang. Petit à petit, la classe s'est remplie. Les garçons, qui me semblaient curieusement très laids, me regardaient avec hostilité, mais les filles, qui n'étaient pas très jolies non plus, se donnaient des coups de coudes d'un air amusé, ce qui ne les empêchait pas d'aller s'asseoir au fond de la classe.

Quand le professeur est finalement entré, avec trente minutes de retard, j'étais toujours fin seul au premier rang et un gouffre de cinq rangées vides me séparait du reste du groupe. Le professeur n'avait ni serviette, ni livres, ni craie, et ne portait pas de cravate. Sitôt assis sur le coin de son pupitre, il s'est mis à parler. J'ai eu le réflexe de prendre des notes, mais il n'y avait jamais de premièrement deuxièmement, ni de petit a petit b petit c, seulement des grands pans de brume qui se déplaçaient lentement, au gré de vents tout à fait imprévisibles. J'ai posé mon crayon. Derrière moi, on parlait, on fumait, on perçait des trous dans les verres, on se promenait d'une rangée à l'autre, et rien ne semblait déranger le professeur qui poursuivait son monologue.

Tout à coup, les lumières se sont éteintes, un projecteur s'est allumé, et des images fixes se sont succédé sur le mur, parfaitement synchronisées avec les propos du professeur: parlait-il des préliminaires qu'on voyait une main sur un sein nu; quand il était question de lubrification apparaissait un dessin représentant un sexe féminin d'où sortaient de longues flèches noires, au bout desquelles on pouvait lire: «grandes lèvres», «petites lèvres», ou «clitoris». La troisième image nous amenait à l'intérieur du corps. C'était comme un cours d'anatomie extrêmement simplifié, où on n'empruntait que les autoroutes. D'autres images suivaient, où nous apprenions que la fréquence des relations sexuelles était une affaire de goûts, qu'en cette matière ils étaient tous permis mais qu'en deçà d'une relation par semaine les risques de blessures psychologiques irréparables étaient très élevés, que le nombre de partenaires était une affaire de choix personnel, que certaines personnes pouvaient théoriquement trouver l'épanouissement dans la fidélité conjugale mais que c'était un phénomène extrêmement rare, et finalement qu'il valait mieux se couper les ongles avant de se livrer à certaines manipulations.

Au bout d'une trentaine de minutes, un étudiant s'est levé pour réclamer une pause. Les lumières se sont allumées brutalement et tout le monde s'est retrouvé dans le corridor. Certains étaient assis par terre, d'autres adossés au mur. Je me suis trouvé un coin de mur libre, un peu à l'écart, et m'y suis adossé à mon tour. Aussitôt, les garçons se sont éloignés ostensiblement, et les filles ont fait quelques pas dans ma direction. Lentement, le cercle se refermait sur moi. Elles me lançaient des regards obscènes, palpaient l'étoffe de ma veste en riant, j'avais horriblement chaud, et j'étais sur le point de me sauver quand j'ai entendu une voix:

— Jacques!

Le cercle s'est lentement défait, j'ai levé les yeux, j'ai aperçu Hélène. Sans me laisser le temps de lui dire un seul mot, elle m'a pris solidement par le bras et m'a entraîné au bout du corridor.

— Peux-tu me dire ce que tu fais ici? Et qu'est-ce qui t'a pris de choisir un cours de troisième année? C'est bon pour les résidus! Tu as vu les filles? Heureusement que je suis arrivée, tu aurais passé un fichu quart d'heure, je t'assure.

Pendant que je lui expliquais que je ne pouvais pas savoir, que j'avais choisi mes cours au hasard, elle regardait mes souliers, mon pantalon, ma cravate, et réalisait soudainement que je venais tout juste de sortir d'une machine à voyager dans le temps.

— Pauvre toi! Tu as un peu d'argent? Suis-moi, je te prends en charge.

— Mais... le cours?

— C'est de la frime, les cours! Si tu veux rester vivant, suis-moi, je te dis.

Nous avons enfilé à toute allure des corridors et des escaliers mobiles, et quand nous avons aperçu la sortie, Hélène s'est arrêtée net. Devant nous, cinq étudiants et cinq étudiantes, tenant des piles de journaux dans leurs mains, formaient une haie d'honneur.

— Tu vois les vendeurs? me dit Hélène à voix basse, tu ne dis rien, tu ne les regardes pas, tu vas droit vers la sortie sans dire un mot, d'accord? On y va.

Elle a foncé, je l'ai suivie. Mais quand je suis arrivé au niveau de la dernière vendeuse, une fille plutôt jolie, je me suis arrêté sec. Avant même que j'aie eu le temps de dire quoi que ce soit, elle a glissé un journal plié dans ma poche, m'a demandé mon nom, si j'étais libre ce soir, et si j'étais intéressé à faire partie de leur association. Une fois de plus, Hélène m'a empoigné, mais la vendeuse s'est accrochée à moi, si bien qu'Hélène a dû lui donner un solide coup de poing au creux du coude pour qu'elle lâche prise. Quand nous sommes arrivés à l'extérieur, nous avons soufflé un peu.

— Ne me fais jamais plus ce coup-là, tu m'entends? Tu ne peux pas savoir, évidemment, mais essaie d'apprendre à détecter les étudiants de troisième qui ne sont pas encore en couple, ce sont les pires.

Nous sommes montés dans sa petite voiture, et elle m'a amené dans quelques magasins très petits et très bruyants où je me suis procuré de vieux jeans neufs, des tee-shirts délavés, et une paire de souliers de course. Quelques heures plus tard nous nous retrouvions dans ma chambre des résidences, et j'essayais mes nouveaux vêtements. Quand je me suis regardé dans le miroir, je n'étais plus tout à fait le même, mais je n'étais pas non plus tellement différent: je n'avais pas le corps assez mou pour me sentir à l'aise dans ces vêtements lâches, et mes cheveux, que j'avais pourtant laissé pousser tout l'été, étaient encore désespérément courts.

— On ne peut malheureusement pas t'acheter une perruque, mon vieux Jacques. En attendant qu'ils poussent, tu pourrais peut-être t'inventer une maladie du cuir chevelu?

Plus je me regardais, plus je me sentais mal à l'aise dans ce déguisement. Je me suis tourné vers Hélène, j'ai regardé ses souliers de cuir, ses pantalons de bonne coupe, son chemisier blanc, boutonné jusqu'au col, et ses cheveux impeccablement taillés. À quoi jouait-elle?

— Tu en as pour trois ans, Jacques. Je ne me fais pas d'illusions, il va falloir que tu y goûtes toi aussi, c'est inévitable. Tu vas lire les petits journaux, tu vas flotter quelque temps sur un beau petit bateau, mais tu vas vite te rendre compte qu'il prend l'eau, ton petit bateau, que sa coque est pourrie. Dans trois ans, tu vas obtenir un diplôme en éducation, et tu auras fait le tour de la liberté. À ce moment-là, on pourra se parler sérieusement. Fais attention, tout de même.

Avant que j'aie pu répondre quoi que ce soit, elle me donnait un chaste baiser sur le front et partait aussitôt. Pour essayer de me changer les idées, je me suis étendu sur mon lit, et j'ai ouvert le journal, dans lequel il n'y avait que des petites annonces, des centaines de petites annonces, regroupées par sexe et par orientation. Malgré la diversité apparente des propositions, tous nourrissaient la même ambition: personne ne semblait vouloir courir le risque de blessures psychologiques irréparables.

Qu'est-ce que j'étais venu faire ici, pourquoi

n'avais-je pas ressenti le moindre désir pour Hélène, alors que j'avais tant rêvé d'elle? J'étais absolument incapable de me concentrer. Par la fenêtre, j'ai regardé la lune, juste au-dessus de la grande tour de l'université, j'ai pensé à la rampe de lancement qui m'avait propulsé jusqu'ici, et je me suis endormi tout habillé.

3

«Pédagogie de la liberté, liberté de la pédagogie». Le titre était prometteur, mais la session était commencée depuis trois bonnes semaines et le cours n'avait encore jamais eu lieu. Chaque fois que je m'étais présenté au local, je m'étais retrouvé seul dans la classe à contempler un tableau vert qui ne devait pas donner beaucoup de travail au concierge. J'ai fini par aller m'informer à la secrétaire du département: le cours avait-il été annulé, le professeur était-il malade? Elle m'a regardé comme si je tombais de la lune.

— Vous êtes un élève de monsieur Lafontaine et personne ne vous a prévenu qu'il ne donnait jamais de cours? Vous devriez aller le voir à son bureau, je crois qu'il y est justement.

La porte de son bureau était ouverte, il était occupé à téléphoner, mais il m'a invité à entrer d'un grand geste du bras. Je me suis assis en face de lui, et j'ai regardé le bout de mes doigts en faisant mine de ne pas m'intéresser à ce qu'il racontait à son interlocuteur: oui oui, il irait à ce colloque en Espagne, il lui restait encore à convaincre le doyen, c'était tellement difficile d'obtenir des budgets... Comme sa conversation s'éternisait, j'ai jeté un coup d'œil sur son bureau, entièrement recouvert de parerasses poussiéreuses, puis j'ai levé les yeux sur le mur, derrière lui. Une affiche représentait deux adolescentes longilignes et diaphanes, portant paniers de fleurs et parasols. La photo était floue, et je me suis demandé pourquoi le photographe n'avait pas pris le temps d'ajuster sa caméra. À gauche, au-dessus d'un classeur, une autre photo, en noir et blanc celle-là, me semblait beaucoup plus nette. Je me suis approché, et j'ai bien regardé le vieillard aux oreilles en soucoupes qui fumait la pipe devant une grande maison déglinguée. Au même moment, Lafontaine raccrochait.

— Ce type, c'est Neill?

— Oui, la photo est très récente, c'est un de mes anciens élèves qui vient de me la faire parvenir. Neill est sûrement un des plus grands pédagogues que la terre ait jamais porté. Je me flatte d'ailleurs d'être son plus fidèle disciple au département. C'est pour ça que je me refuse à donner des cours. Complètement rétrograde, les cours, les livres, tout ça. As-tu déjà lu Neill?

— Pas vraiment, j'ai feuilleté ses livres, tout au plus. Mais mon père l'a bien connu.

— Ton père? C'est toi, le Jacques dont tout le monde parle? Est-ce que tu me permettrais de tâter tes abdominaux?

Avant même que j'aie eu le temps de réagir, il contournait son bureau et venait m'enfoncer un doigt dans le ventre.

— C'est bien ce que je pensais: toutes les tensions des enfants élevés dans l'autorité sont concentrées dans l'abdomen, Neill avait bien raison. Comme tu dois être malheureux!

Je n'avais aucune envie de lui parler de mes états d'âme, et j'ai ramené la conversation à des choses plus simples: j'avais l'intention de décrocher un diplôme en pédagogie, j'étais inscrit à son cours, qu'est-ce que je devais faire? Il a semblé un peu embêté.

— Tu veux enseigner? Comme ton père, ou comme Neill?

— Je ne sais pas encore si je veux enseigner. Qu'est-ce que je dois faire pour réussir votre cours?

— Habituellement les étudiants me rencontrent au début de la session et me proposent une démarche. Ils viennent me revoir à la fin de la session pour me dire ce qu'ils ont appris, on en discute ensemble, mais il n'est pas question de «réussir», je suis radicalement contre toute forme d'évaluation, c'est une question de principe... Qu'est-ce que tu dirais de profiter de mon cours pour poursuivre ta démarche existentielle? Va emprunter un magnétophone, et fais-moi quelques commentaires sur ton enfance, raconte-moi tes frustrations, tes peurs, je pourrais peut-être utiliser ce matériel pour écrire un article, qui sait? Ça te va?

Je savais bien qu'il en arriverait là. Dès qu'ils m'avaient repéré sur leurs listes, tous les autres professeurs m'avaient donné rendez-vous à leur bureau pour me faire des propositions semblables: pourquoi ne pas faire un travail de session sur les angoisses de mon enfance ou sur les effets pervers de l'abstinence, pourquoi ne pas lire les œuvres de Neill? Les quelques cours que j'avais suivis jusque-là ne m'avaient guère emballé, et j'appréciais l'idée de travailler seul, sans contrainte, sans délai. J'ai donc accepté sa proposition, et nous avons paraphé la dernière clause de notre contrat: je ne dirais rien à ses collègues, et en échange il me ferait lire ses articles avant de les publier. Tant qu'à lancer des bouteilles à la mer, autant en contrôler le contenu.

4

La bibliothèque était immense et déserte. Au comptoir des prêts, un employé écoutait la radio en perçant des trous dans un verre de mousse. Quand je lui ai demandé poliment de m'expliquer comment étaient rangés les livres, il m'a répondu qu'il ne le savait pas plus que moi, que quand bien même il l'aurait su il se serait bien gardé de m'aider, qu'il n'avait pas que ça à faire, et que je n'avais qu'à me débrouiller. Pendant qu'il me débitait toutes ces gentillesses, il me montrait tout de même d'un coup de menton méprisant un classeur aux tiroirs minuscules.

J'ai ouvert le tiroir marqué d'un «N», j'ai pris en note des dizaines de cotes, et je me suis lancé à la recherche d'un morceau de destin.

Comme les documents ne semblaient pas avoir été rangés depuis un siècle, les cotes étaient bien inutiles et c'est par pur hasard que j'ai réussi à mettre la main sur une immense autobiographie de Neill: *Neill, Neill, Orange Peel.* Au moment où je retirais le livre poussiéreux du rayon, les lumières se sont éteintes. Dans la demi-obscurité, je me suis dirigé vers le comptoir, où l'employé a recommencé à m'engueuler: la bibliothèque fermait dans une demi-heure, je lui faisais perdre son temps. Quand je lui ai demandé si je pouvais emprunter le livre, il est resté interdit. Après avoir réfléchi quelques instants, il m'a suggéré de le voler pour simplifier les procédures. J'ai donc volé le gros bouquin pour deux semaines, et je me suis réfugié dans ma chambre. Il n'y avait pas de table de travail, et j'ai dû m'installer sur mon lit, l'oreiller contre le mur, pour travailler. Après avoir allumé ma première cigarette, je me suis amusé du réflexe qui me faisait me lever à chaque bouffée pour exhaler la fumée par la fenêtre. Lentement, en savourant chaque page, j'ai entrepris d'enlever les pelures qui recouvraient Neill.

Il était né le 17 octobre 1883 dans une grande famille de treize enfants, dont quatre étaient morts en bas âge. Son père, George Neill, était le directeur et le seul instituteur de l'école de Kingsmuir, qui comptait cent trente élèves. Jusqu'à l'âge de sept ans, Neill avait partagé le lit de sa jeune sœur, Clunie, avec qui il s'était livré à ses premières explorations sexuelles. Son père les avait pris sur le fait, et leur avait donné douze coups de fouet. Au repas, il découpait d'un geste large les rognures et les croûtons, et les lançait à Neill, à l'autre bout de la table: «Voilà qui est parfait pour toi!» Pour donner à son fils une idée de l'enfer, il allumait une bougie et tenait longtemps son doigt au-dessus de la flamme.

En 1937, Neill avait fait la rencontre de Wilhelm Reich, avec qui il avait entrepris une végétothérapie... Au moment où je posais mon livre pour noter quelque chose à propos de Reich, j'ai entendu frapper doucement à ma porte. J'ai mis du temps à réagir, et il a fallu qu'on frappe encore, un peu plus fort, pour que je me décide à ouvrir.

— Bonjour! Tu me laisses entrer?

C'était une fille qu'il me semblait avoir déjà vue à mon cours de croissance personnelle, un cours de première année, avant que le professeur ne m'ait repéré.

— Tu ne répondais pas, alors j'ai tourné la poignée, à tout hasard. Tu lisais? Je peux m'asseoir?

Avant même que j'aie eu le temps de réagir, elle était déjà assise au pied de mon lit et enlevait ses chaussures de tennis. J'ai rangé mes papiers, un peu à contrecœur, mais tout de même piqué par la curiosité: les gens pouvaient-ils donc entreprendre une relation aussi facilement? Sans dire un mot, elle a sorti de son sac à main une petite cigarette très mince, l'a allumée, a pris une bouffée qu'elle a longtemps aspirée en rejetant sa tête en arrière, et me l'a tendue. Ça goûtait le gazon séché que je roulais dans des feuilles de papier journal, l'été, avant que je commence à me servir dans les provisions de mon père. On s'est échangé la cigarette jusqu'à ce qu'il ne reste plus qu'un tout petit mégot qui brûlait les doigts, puis elle s'est déshabillée en me disant qu'elle m'aimait bien, que j'étais différent, mystérieux. Je me suis déshabillé à mon tour, et ma tête s'est mise à tourner. Aussitôt que j'avais repéré une flèche sur la planche anatomique, elle se transformait en racine: la végéto-thérapie avait transformé Neill en légume, Wilhelm Reich installait un arrosoir, des rayons de lumière se multipliaient dans la maison des miroirs, des millions de visiteurs incandescents se ruaient sur Summerhill, les racines de Neill poussaient jusque sous les fondations de Victoria, une longue dame noire se frayait un chemin avec une faux, et je découvrais l'autoroute pendant que l'orage éclatait dans l'Olympe.

Ensuite, nous avons fumé une cigarette en silence, puis elle s'est rhabillée prestement et est partie, comme ça, sans même me dire son nom.

J'aurais sans doute préféré quelque cérémonie secrète, des paroles mystérieuses, un peu de soufre et de brume, de la conspiration, de l'interdit, des épreuves, des obstacles, un dragon à trucider, un désert à traverser, mais je profite tout de même de l'occasion pour te remercier, demoiselle inconnue: merci beaucoup, du fond du cœur.

Neill était à Oslo, en 1937, lorsqu'il avait rencontré Reich pour la première fois. Ils avaient discuté pendant des heures de la pulsion de mort, que Reich refusait d'admettre. Le soir même, subjugué par cet immense bonhomme aux grands yeux doux, Neill avait entrepris sa première séance de végétothérapie. Reich savait moduler sa voix profonde: «Détends-toi, Neill, détends-toi. Plie tes genoux, ouvre ta bouche, prends de grandes respirations, de vraies respirations qui soulèvent le thorax. C'est bien, Neill, maintenant relâche tes mâchoires, tes doigts s'engourdissent...»

Tout doucement, Reich posait son immense main sur l'abdomen de Neill: «Relâche tes abdominaux, Neill, toutes tes tensions sont dans ton abdomen, relâche, Neill, relâche...» Soudainement, la voix de Reich avait éclaté: «Ouvre les yeux, vite, ouvre les yeux, et penche ta tête vers l'arrière!»

Un grand cri rauque était sorti de la gorge de

Neill, un cri d'animal qui se serait terré dans son ventre depuis des années. À grands coups de poings dans l'abdomen, Reich attaquait les résistances. «Regarde le plafond, Neill, regarde le plafond!» Et Neill avait vu, en cinémascope sur le plafond blanc, son père, une verge à la main. L'animal sortit du ventre de Neill, et bondit sur l'image. Mange-le, animal, et ne laisse pas de croûtes!

Aussitôt rentré à la maison, Neill avait rendu les hommages à sa femme. Pour la première fois depuis bien longtemps, il avait eu un orgasme plein, un courant électrique l'avait parcouru de la pointe des orteils jusqu'à la racine des cheveux, et un fluide bleuté avait traversé l'écran noir de ses paupières closes.

Peu de temps après cette séance, Reich s'était embarqué pour l'Amérique, et Neill était retourné chez lui. Tandis que Reich cherchait à isoler l'orgone, Neill isolait les enfants sur une île, loin de la société, pour effacer à grands coups de bonheur la tache originelle.

5

La rumeur voulait qu'un certain Brach, qui enseignait au niveau de la maîtrise, ait personnellement connu Wilhelm Reich. Quand je suis entré dans son bureau, il était occupé à lire, et il m'a demandé de lui accorder un peu de temps pour terminer son paragraphe. Je n'étais pas à l'université depuis bien longtemps, mais c'était tout de même la première fois que je surprenais un professeur en flagrant délit de lecture. D'autres auraient fermé leur livre sur-le-champ en rougissant, mais Brach ne semblait pas gêné. Les disciples de Reich étaient-ils à ce point différents de ceux de Neill?

— Vous vous intéressez à Reich? J'ai quelque chose à vous proposer. Il s'agit essentiellement d'expérimentation sensorielle, de recherche pure, la fine pointe, je ne peux pas vous en dire plus long pour le moment. Si ça vous intéresse, présentez-vous ici même ce soir, à dix heures. D'ici là, abstinence totale: repas léger, ni drogues, ni café, ni cigarettes. Les conditions doivent être optimales. D'accord?

À dix heures moins le quart, je faisais le pied de grue à la porte du bureau de Brach. Il est arrivé à dix heures pile, accompagné d'une étudiante que je ne connaissais pas. Il m'a regardé de pied en cap et de cap en pied puis, satisfait de mon apparence, m'a lancé un regard complice. Je commençais à apprécier l'ambiance.

— Vous êtes à l'heure, c'est parfait. Je vous présente Laurence, ma... mon assistante.

Nous avons emprunté l'ascenseur réservé aux professeurs, et nous sommes descendus jusqu'au troisième sous-sol. Un autre corridor, une porte verrouillée, nous devions nous pencher pour éviter les tuyaux qui serpentaient au plafond, une autre porte basse, un placard à balais, des odeurs de vieille vadrouille: s'il n'y avait pas eu Laurence, j'aurais eu de sérieux doutes sur les intentions du bonhomme Brach.

Une dernière porte, et nous sommes entrés dans une sorte de laboratoire où il n'y avait ni cornues ni éprouvettes, mais deux lits articulés, du type de ceux qu'on utilise pour les collectes de sang, recouverts de draps immaculés. Aussitôt entrée, Laurence s'est déshabillée et m'a invité à l'imiter. J'ai toujours été d'un naturel obéissant, mais je n'avais aucune envie de me faire brancher des électrodes ou de me livrer en spectacle au bénéfice d'un voyeur, tout disciple de Reich fût-il. Je me suis étendu sur le lit sans me dévêtir. Brach a quitté la pièce quelques instants, puis est revenu vêtu d'une toge ridicule, qui mettait en évidence ses jambes arquées et poilues.

— Vous êtes prêts? Respirez profondément, écoutez le verbe, écoutez la chair: accent aigu des baisers, bordel de matelot, bourgeoisie pourrie, libérons l'amour! Venez, Orgonautes de l'orgasme, transpercez de vos phallus illuminés le cœur du capital, que dans un seul spasme tout le sperme perdu des

Spartiates inonde la terre, conjurons l'enfer conjugal, conjuguons l'amour à tous les temps du désir, amour, amour, amour!

Il tournait autour des lits avec de grands gestes théâtraux tandis qu'à mes côtés Laurence fermait si fort les paupières que ses cils disparaissaient sous ses pommettes. J'ai tenté de l'imiter en me disant qu'il ne fallait pas chercher à comprendre, qu'il fallait plutôt sentir, mais je ne ressentais rien de particulier. Après un long silence, je me suis risqué à ouvrir les yeux: Brach était affalé sur une chaise, Laurence se rhabillait.

— C'était bien, Laurence?

— Magnifique, vous étiez inspiré!

— Et toi, Jacques?

— C'était... une expérience étonnante, vraiment.

— Imaginez ce que ce sera quand la révolution sociale sera accomplie!

Ce soir-là, dans ma chambre, je me suis étendu sur mon lit, et j'ai beaucoup réfléchi à la révolution sociale, que tout le monde au département croyait imminente. Fallait-il d'abord transformer les individus un à un pour que la société change, ou bien transformer radicalement la société pour que les individus soient enfin libérés? Est-ce que j'étais moi-même libéré, et, dans l'affirmative, de quoi m'étais-je libéré? Neill était-il vraiment le fils spirituel de Reich, et comment devait-on articuler la sexualité et l'éducation dans une société nouvelle? Je me suis endormi sans trouver de réponse, et j'ai fait un rêve très curieux: j'ai vu des barricades, des maisons enflammées, des voitures renversées, et des millions de citoyens et de citoyennes étendus sur une grande place, les bras en croix. Au sommet d'une tour, Brach, une couronne de lauriers autour de la tête, récitait un poème en jouant de la lyre. J'ai voulu aller le rejoindre, mais je n'ai jamais réussi à trouver l'escalier. Pendant que je tournais en rond, je me disais que la révolution sociale pouvait à la rigueur présenter un intérêt pour Brach, mais pour les autres?

6

Après tout, l'encre ne s'effacerait pas des livres si je m'offrais quelques semaines de liberté, et qui sait si le fluide bleuté ne m'aiderait pas à comprendre quelque chose... Je me suis donc mis à la lecture des petits journaux: «Ruche bourdonnante recherche pollen, casier 964», «Pas de lame dans ma guillotine, casier 325». Je savais déjà par expérience que la subtilité des phrases n'était jamais garante du degré de perversité des annonceurs, mais je cherchais quand même la formule amusante, tout en évitant de prendre de trop grands risques: les habitués des petites annonces savent qu'on ne sait jamais à quoi s'attendre, et les conditions sont formelles: quoi qu'il advienne, il faut accepter l'échange. Quand j'avais fait mon choix, je rédigeais un court message, le glissais sous la porte du casier, et j'attendais. J'aimais bien attendre, c'était de loin l'aspect le plus intéressant de l'affaire. Le lendemain, on avait déposé un message sous ma porte: j'avais rendez-vous au laboratoire d'épanouissement sensoriel, cabine vingt-neuf, vingt heures trente. Trente minutes plus tard je regagnais ma petite chambre, je me reposais pendant quelques heures, et je cherchais une autre annonce.

Après quelques semaines de ce régime, le fluide bleuté avait commencé à pâlir. Alors je suis devenu un habitué du café étudiant, au sous-sol des résidences. Souvent, c'était pour ne rien faire, boire de l'alcool, fumer tout ce qui me tombait sous la main, et écouter les drôles de sons qui sortaient de haut-parleurs gros comme des réfrigérateurs. J'aimais bien cette musique: la basse était toujours merveilleusement obstinée, et la cornemuse celtique avait été avantageusement remplacée par des guitares électriques nerveuses qui venaient me chatouiller les neurones et me mélanger les souvenirs. Parfois, je tenais de drôles de conversations avec des étudiants qui cessaient alors temporairement de percer des trous dans leurs verres de mousse. Nous commencions généralement par spéculer au sujet des probabilités qu'un chanteur d'un groupe anglais très populaire soit mort et qu'on l'ait remplacé par un sosie, nous enchaînions ensuite sur le fait troublant que le soleil de la Californie était indéniablement le même que celui qui éclairait notre pays, puis, comme si aucune logique ne présidait à l'aiguillage des phrases, nous parlions de la transparence des ailes des mouches ou des curieux dessins qu'évoquaient les veines du bois des tables.

Il arrivait qu'une phrase, un mot ou un dessin m'entraîne à leur parler de Caton l'Ancien qui se promenait dans Rome pour réclamer la destruction de Carthage, de la relation entre les dieux étrusques et la chrétienté, ou du combat des Horaces et des Curiaces. Mes compagnons du moment m'écoutaient alors avec beaucoup d'intérêt et finissaient par me demander où j'avais bien pu apprendre toutes ces merveilles.

Comme je n'avais pas envie de leur parler de mon père, j'essayais de détourner les conversations: qu'était-il advenu du chanteur qu'on avait remplacé par son sosie? Têtus, ils revenaient toujours à la charge: à quelle école est-ce que j'étais allé, combien de livres avais-je lus, est-ce que je pouvais leur apprendre quelques mots de latin? À les croire, ils n'avaient jamais rien fait d'autre à l'école que dessiner, sans modèle et sans règle, et parler de leurs humeurs à des professeurs qui faisaient semblant de les écouter. Ils n'avaient jamais étudié la grammaire, l'histoire et les mathématiques, ni appris par cœur les capitales des pays d'Afrique? Si peu, si peu, me répondaient-ils, mais s'ils avaient su que tout cela avait existé, peut-être cela les aurait-il intéressés. Quand nous en arrivions là, je trouvais n'importe quel prétexte pour les quitter: je ne voulais pas leur enseigner le latin, et je ne voulais surtout pas qu'ils m'envient.

Alors j'allais fouiner près du tableau d'affichage, à côté de la porte d'entrée. Je me mêlais au troupeau des chasseurs, j'écoutais les commentaires des camarades plus expérimentés, j'essayais de repérer avant les autres les nouvelles proies, je prenais en note les prénoms et le numéro de la table, et je passais à l'attaque. Quand j'avais repéré la fille, qui faisait toujours semblant de ne pas y être, j'amorçais la négociation à l'aide d'un discret sémaphore, puis je m'assoyais à sa table, lui offrais un verre, racontais n'importe quoi, et l'invitais à ma chambre. Quand elle acceptait, les choses se déroulaient toujours très rapidement. Elle perçait un trou dans le papier d'aluminium de sa boîte rose, je faisais une coche sur le manche de mon canif, tout le monde y trouvait son compte.

Il ne m'arrivait pas souvent d'être seul dans ma chambre, mais j'aimais parfois m'y réfugier. Absolument incapable de lire, je regardais le plafond, et je pensais à Hélène, que je croisais parfois dans les corridors et qui me saluait froidement. Pourquoi ses regards glaciaux me troublaient-ils plus que toutes les voluptés promises par les petites annonces? Souvent, je me revoyais chez Victoria, quand je passais de grands dimanches à entretenir le cimetière d'insectes que j'avais aménagé près du mur de la remise. Les lots étaient parfaitement arpentés, les allées de sable impeccables. Sur les minuscules pierres tombales de carton, je composais de courtes épitaphes: madame coccinelle, décédée le quatre juillet, victime d'une toile d'araignée, laissant dans le deuil une infinité de larves. À l'approche de la fin de ma première session universitaire, j'avais l'impression de ne pas avoir évolué: je collectionnais encore les petites morts.

Deux semaines avant la fin de la session, j'avais sans doute appris, dans le désordre, une infinité de choses, mais je n'avais pas encore rédigé une seule ligne de mes travaux de recherche ni enregistré une seule cassette. J'ai mis fin à mes travaux pratiques sans trop de regret, et je me suis enfermé dans ma chambre avec les œuvres complètes de Neill, quelques feuilles de papier, des rubans de magnétophone, et je me suis attelé à la difficile tâche de prouver que j'avais eu une enfance prodigieusement malheureuse.

7

«Le phare s'allumait dans le tunnel, les barrières des passages à niveaux s'abaissaient toutes seules quand le train électrique traversait le village, les soldats de plomb montaient la garde, un avion à réaction s'envolait, les voitures de course téléguidées amorçaient le dernier virage. Toute la journée, je rêvais sur le papier glacé des catalogues, oubliés volontairement dans le salon, et le soir, je recensais les indices que j'avais patiemment accumulés. Les minuscules morceaux de papier d'emballage trouvés sur le tapis, le diamètre réduit du rouleau de ruban gommé, les fragments de conversations attrapés au vol, rien ne m'échappait.

«La nuit de Noël, les yeux encore remplis de sommeil, je déballais mes cadeaux: merci papa, merci maman, les gants me vont comme des gants, merci pour la chemise neuve, comme j'ai hâte d'observer des bactéries avec mon nouveau microscope et de rédiger un rapport de recherche dans mon beau cahier neuf, merci papa, merci maman.

«Le premier livre de mon père s'intitulait *Éloge de l'autorité*. Les résultats d'une telle pédagogie sont prévisibles: les enfants ont peur de la vie, ils n'osent pas s'affirmer, leurs muscles abdominaux sont contractés, leur énergie vitale est à jamais rabougrie. Ils deviendront à leur tour des parents frustrés qui interdiront à leurs enfants de se masturber et qui compenseront par la violence et la guerre. L'homme naît parfait, il est insensé de vouloir lui donner l'instruction et l'éducation.»

Stop. Vite, rebobiner et ranger la cassette dans son boîtier: le vumètre du magnétophone fonctionnait comme un détecteur de mensonges, et il n'avait pas bronché. Est-ce que j'étais en train de croire à leur charabia? Si seulement il n'y avait pas eu leur langage, si seulement il n'y avait pas eu le contraire de ce qu'ils disaient sur leur visage, si seulement la liberté qu'ils proposaient ne ressemblait pas quelquefois à une abdication...

Est-ce qu'ils étaient en train de déteindre sur moi, est-ce qu'ils arrivaient à me faire croire que j'avais été malheureux chez Victoria? Est-ce qu'ils pensaient vraiment que les véritables trains électriques pouvaient aller aussi loin que ceux que je faisais voyager sur les pages glacées des catalogues? Et ces étudiants qui passaient leurs grandes journées à percer des trous dans les verres de café ou à rédiger des annonces pour les petits journaux, est-ce que c'était ça qu'on me proposait comme modèle de bonheur?

La vérité, c'était que je commençais à m'ennuyer de Cicéron et de Xerxès. Peut-être bien que c'était inutile, mais j'aurais aimé être évalué d'après mes connaissances plutôt que d'après le degré de contraction de mes abdominaux.

Aussitôt mes cassettes terminées, je me plongeais dans les livres de Neill. Plus j'avançais dans mes lectures, plus je me disais qu'il n'était pas un mauvais bougre: il aimait visiblement les enfants, il avait un certain sens de l'humour, et contrairement à quelques-uns de ses disciples, il ne semblait pas allergique au travail, bien au contraire: comment un homme qui avait publié tant de livres pouvait-il servir de modèle à ce paresseux de Lafontaine? Perplexe, j'abandonnais Neill pour lire un des essais de mon père: autorité, discipline, autorité, discipline... Je n'arrivais pas à admettre que de telles bêtises aient été écrites par cet homme qui se donnait des chocs électriques pour s'activer le cerveau, qui se levait avant l'aube pour préparer mes leçons, qui n'avait jamais eu à élever la voix pour me faire travailler. Entre les lignes bien droites, j'essayais de lire en parallèle quelques passages de mon enfance, en pure perte. Mais au milieu de la nuit, quand les yeux me picotaient, il arrivait que les interlignes s'élargissent soudainement, et j'y lisais les nervures des feuilles, les forêts d'automne, la danse des poussières dans les rayons de soleil. Je me replongeais dans les livres de Neill, et bientôt des fantômes apparaissaient derrière les lettres, je voyais l'enlèvement des Sabines, j'imaginais un couvent, une échelle qui m'amenait jusqu'à Hélène... Je me frottais les yeux, et tout cela disparaissait, il ne restait plus que les grandes rues noires et bêtes, des édifices majuscules suivis de petites maisons en rangées, séparées par des espaces et des ponctuations.

Quand je ne savais plus que penser, je rangeais mes livres et j'imaginais la suite de l'histoire de mon père. Petit à petit, j'avais l'impression de me rapprocher de la vérité.

8

«L'instruction n'est pas une chose importante, ce qui compte c'est la formation de l'âme. Tous les crimes, toutes les haines, toutes les guerres peuvent être ramenées au mal de l'âme. L'éducation doit guérir ce mal, c'est pourquoi je dis que les livres sont ce qui compte le moins à l'école.»

Alexander Sutherland Neill s'adressait à une foule clairsemée et peu réceptive. Seuls Guillaume et Évelyne, qui avaient dévoré les œuvres complètes du célèbre pédagogue, buvaient les paroles de leur maître à penser. Quand tout le monde fut parti, ils restèrent longtemps à discuter avec le conférencier, et l'invitèrent chez eux.

Ils vidèrent quelques bonnes bouteilles et se mirent tous trois à parler si fort que Louis, qui venait tout juste d'avoir cinq ans, se réveilla en larmes. Ses parents le consolèrent, puis lui annoncèrent qu'ils feraient leurs bagages dès le lendemain: ils s'installeraient dans un joli village au bord de la mer, et dans ce village il y aurait une école merveilleuse dans laquelle les enfants apprenaient ce qu'ils voulaient quand ils le voulaient.

Louis était retourné dans son lit. Il n'avait rien

compris à ce qu'avaient raconté ses parents. Il n'aimait pas ce vieux monsieur plein de rides, son sourire mielleux, son odeur de vieille pipe, il n'aimait pas les regards vagues qu'avaient ses parents quand ils avaient trop bu, il avait peur.

* * *

Quelques jours plus tard, la petite famille s'installait à Leiston, en Angleterre. Louis était dans sa chambre, dans la bâtisse de pierre, avec trois jeunes de son âge, deux Anglais et un Allemand. Il avait rangé sa valise sous son lit de fer, et attendait qu'on lui dise quelque chose. On ne lui dit rien, et il s'endormit tout habillé.

Le lendemain, on lui présenta le personnel de l'école. Outre son père, qui venait d'être embauché pour enseigner le français, et Neill, le directeur, le personnel était composé d'une cuisinière qui s'appelait Esther, et de quatre professeurs: Rudd, Ulla, Harry et Pam. Quand les présentations furent terminées, Neill prit le petit Louis à l'écart.

—Je vais t'expliquer comment fonctionne l'école, mon petit. Tu ne vas jamais sur la route à bicyclette, parce que c'est dangereux. Mon piano à queue m'a coûté très cher, alors il faut faire attention. Après dix heures du soir, je demande à ce qu'on fasse le silence dans le corridor parce que j'écris des livres, et j'ai besoin de me concentrer. C'est à peu près tout pour les règlements. Si tu n'es pas d'accord, tu en proposes d'autres à l'assemblée générale. Tu peux te présenter au gouvernement de l'école, et abolir tous les règlements si ça te convient. Il y a des cours de calcul, d'anglais, de français, de physique, de géographie... Si tu en as envie, tu y vas. Si tu n'y vas pas, personne ne t'embêtera. Personne n'ira jamais fouiller dans ta chambre, personne ne te dira quels vêtements porter. C'est une école libre, ici. Tu fais ce que tu veux. Tu m'as bien compris?

Louis ne dit rien. Il restait là, bouche bée. C'est normal, se disait Neill: les enfants sont tellement peu habitués à la liberté qu'ils restent toujours un peu hébétés.

— Ça va, tu m'as compris?

Pour faire plaisir au monsieur, Louis hocha la tête, et Neill, satisfait de sa réaction, s'enferma dans son bureau.

* * *

Quelques mois plus tard, Louis avait pris l'habitude de se réveiller à sept heures trente. Aussitôt levé, il faisait sa toilette, déjeunait en vitesse, et se précipitait vers la salle de classe. Dès huit heures, il était installé à son pupitre, fin seul dans la salle vide, et faisait des exercices de grammaire. Quand Lucy entrait à son tour, une heure plus tard, il avait déjà rempli des pages et des pages de conjugaisons.

— Déjà arrivé, toi? Pourquoi ne t'amuses-tu pas avec les autres?

Buté, Louis ne répondait pas.

Lucy était la titulaire du groupe des petits. Elle voulait toujours faire de l'art plastique et de la danse, mais elle avait l'esprit démocratique: petit à petit, Louis avait réussi à convaincre ses camarades que rien n'était aussi amusant que la grammaire, et Lucy avait été obligée de s'incliner devant la volonté collective. Quand le rythme de ses petits camarades était trop lent, Louis recommençait ses devoirs, s'appliquant à améliorer sa calligraphie.

Les après-midi étaient libres. Quelques garçons jouaient aux cow-boys, les plus grands s'occupaient de mécanique ou de radio, les filles dessinaient ou découpaient du linoléum, et Louis s'ennuyait à mourir: pourquoi n'y avait-il pas de cours l'après-midi, pourquoi les enfants étaient-ils condamnés à l'inactivité? Quand il réussissait à trouver un livre, il se retirait dans sa chambre jusqu'à seize heures, l'heure du thé. Il détestait le thé, mais appréciait la ponctualité.

Le soir, il fallait encore subir des activités libres. Il y avait de la danse le mercredi, mais personne ne l'enseignait et Louis n'aimait ni la musique, ni les tortillements. Il s'assoyait dans un coin avec un livre, et attendait que ça finisse. Le mardi soir, par contre, il adorait les causeries de Neill. Elles étaient en principe réservées aux professeurs et aux grands élèves, mais il avait facilement obtenu la permission d'y assister. De quel droit l'en aurait-on privé?

Neill racontait toujours la même chose: l'histoire ancienne, les mathématiques, le français, les livres, ça ne valait pas un iota. Le véritable but de l'école était l'accomplissement naturel de la vie, l'épanouissement du cœur humain. Louis s'entraînait à prendre des notes, perfectionnait ses pattes de mouches et ses abréviations. Pour «l'épanouissement du cœur humain», par exemple, il notait «patati».

Jamais ses professeurs n'avaient eu un tel élève,

et ils ne savaient comment réagir. L'esprit académique de l'enfant n'était certainement pas naturel, mais ils n'arrivaient pas à mettre le doigt sur l'origine de son problème. Ils en parlèrent à Neill, qui proposa de commencer par une «leçon particulière», c'est-à-dire, dans son jargon, par une consultation psychologique.

— Je ne veux pas de leçon particulière, dit Louis aussitôt entré dans le bureau de Neill. C'est stupide.

— Je suis bien de ton avis, répondit Neill, en tirant sur sa pipe. Je ne t'en donnerai pas.

Louis observa le sourire mielleux de Neill: il veut me désamorcer, mais je connais ses trucs. Il ne m'aura pas.

— C'est parfait. Je m'en vais.

Neill était bien embêté: Louis ne réagissait pas à la psychologie inversée. Ne sachant comment réagir, il essaya vite autre chose.

— Attends un peu. Es-tu certain que tu n'as rien à me dire?

— Je suis libre de faire ce que je veux, pas vrai?

— Vrai.

— Alors foutez-moi la paix, je ne veux rien savoir des leçons particulières. C'est tout.

Étendu sur son lit de fer, Louis regardait le plafond, heureux. Il y avait mis le temps, mais il avait enfin réussi à comprendre comment il arriverait à survivre dans cet enfer.

9

Elle avait la voix sèche, le visage maigre, la bouche trop grande, et il n'y a rien que je déteste autant que de voir le squelette sous la peau. Je n'avais pas l'intention de moisir longtemps dans son bureau: dès qu'elle m'aurait remis mes cassettes, je me sauverais.

— La matière brute est très intéressante, mais il faudra beaucoup plus de temps que je l'imaginais pour tout décortiquer. La session achève, j'aurai des travaux à corriger après les vacances, peut-être, on verra.

Je pensais avoir plus de chance avec le deuxième: c'était un gros bonhomme jovial et quand il riait, je croyais entendre les applaudissements d'un ours. Chaque fois que je lui apportais mes deux cassettes hebdomadaires, il les rangeait dans son tiroir et s'installait bien confortablement, les pieds sur son bureau et les mains derrière la nuque, pour me raconter des potins au sujet des mœurs de ses collègues. Il m'avait beaucoup appris tout au cours de la session, mais ce jour-là, je n'avais pas envie de m'instruire.

— Et les articles?

— Les articles?... D'abord, il faudrait songer à établir une grille d'analyse, des paramètres théoriques qui s'inscriraient dans une problématique progressiste...

Je suis parti avant la fin de sa phrase, et je suis sûr que je n'ai rien manqué.

J'ai surpris le troisième en pleine préparation de cours. Il avait installé son projecteur à diapositives sur son bureau et regardait attentivement, sur le mur sale, une planche anatomique revêtue d'une fort jolie peau. Dès que je me suis assis, il a fait tourner à toute vitesse le carrousel jusqu'à un tableau statistique.

— J'ai commencé à écouter vos cassettes. Je suis un peu déçu: quand vous parlez de vos premières expériences de masturbation, par exemple, on ne sent pas suffisamment le poids de la culpabilité, vos émotions sont encore trop refoulées, vous ne vous libérez pas de vos angoisses...

— Et les articles?

— J'ai bien réfléchi, et je pense plutôt intégrer vos témoignages dans un chapitre du livre sur lequel je travaille. Mon plan est presque terminé, je m'y mettrai pour de bon dès que j'aurai une sabbatique.

Lafontaine m'a reçu en coup de vent: je suis désolé, je n'ai pas le temps, tout va mal, mon correcteur vient de démissionner, le radiateur de ma voiture est percé, l'avocat de ma femme ne me lâche pas d'une semelle, vos cassettes sont très intéressantes, nous en reparlerons en janvier.

* * *

J'ai passé les longues vacances d'hiver à m'ennuyer. Seul dans ma petite chambre des résidences, seul dans les corridors déserts de l'université, seul au café, fréquenté pourtant par quelques autres solitudes qui cherchaient à s'agglutiner, seul aussi quand je faisais une coche sur le manche de mon canif et que ma compagne perçait un trou dans la petite feuille d'aluminium de sa boîte rose.

J'essayais parfois de faire un bilan de ma première session: l'orgone, la révolution, la liberté, Summerhill, Neill, Reich... Jamais je n'avais eu l'impression d'avoir travaillé, mais j'avais finalement appris beaucoup. Seulement, tout cela était venu dans un tel tourbillon que j'en avais le vertige.

Alors j'ai mis ma canadienne, je suis sorti, et j'ai marché dans les rues de la ville jusqu'à un immeuble neuf, carré, un gros cube posé au milieu de nulle part. J'ai traversé rapidement le hall dans lequel les plantes caoutchouc qui se reflétaient à l'infini dans les miroirs me rendaient fou, et comme je ne voulais pas attendre l'ascenseur, je me suis tapé les sept étages à pied. L'appartement de ma mère était minuscule, moderne, tout blanc, sans fioritures, sans surprises. Elle avait acheté de ces meubles modulaires qu'on assemble soi-même et qui sont à peine plus solides que les boîtes de carton dans lesquelles on les transporte. Pourquoi avait-elle choisi d'habiter dans ce clapier?

— Parce que c'est commode. Parce que dans le bail, on spécifie quelque part que le locataire s'engage à ne pas abîmer les murs: j'aime bien m'imaginer qu'en plus des vis et des clous, on m'interdit toute forme d'attaches. C'est ridicule, je le sais bien, d'autant plus que le contraire de Victoria, c'est encore Victoria, mais qu'est-ce que tu veux... Comment ça marche à l'université?

Je lui ai raconté Brach, Lafontaine et les autres, elle m'a parlé de son nouveau poste à l'école, la conversation était aussi terne que le décor, et nos phrases trop courtes volaient dans tous les sens sans jamais se croiser. Quand je me suis enfin décidé à lui parler de l'auteur de mes jours, nous avons commencé à mieux respirer.

— Écoute, Neill était loin d'être aussi bête que ses disciples. Il se donnait des cours à Summerhill, des cours tout à fait traditionnels, de la grammaire, des mathématiques, alors pourquoi a-t-il vécu cette période comme un enfer? Pourquoi toutes ces attaques contre les idées de Neill, pourquoi cette haine de la liberté?

— Peut-être trouvait-il qu'il y avait trop de temps libre à Summerhill, tu sais comme moi que les vacances l'ont toujours rendu malade.

— Ce n'est pas une raison pour passer sa vie à écrire des éloges de l'autorité.

— Je dois admettre que ses articles et ses traités de pédagogie n'étaient pas toujours très subtils, mais rien ne nous oblige à les lire au premier degré. L'autorité, c'est aussi la résistance...

— Et le petit Louis aurait résisté à la liberté parce qu'elle était imposée par Neill?

— Peut-être. Peut-être aussi pensait-il que Neill avait tort de faire croire aux enfants que l'école pouvait être autre chose qu'un enfermement... Mais pourquoi t'acharnes-tu sur le passé alors que tu devrais te construire un présent?

* * *

Quand je suis sorti de chez elle, j'ai pensé longtemps à Victoria, toute seule au bout de son chemin de terre. Était-elle encore là, enfouie sous la neige, avait-elle perdu quelques tourelles? Et à l'intérieur, la grande table de la salle à manger, les bibliothèques aux planches courbées sous le poids des livres, les pots d'épices classés par ordre alphabétique dans la cuisine, les vieilles odeurs d'encre, de tabac, d'humidité qui montaient de la cave... J'ai marché longtemps, bien longtemps, jusqu'à ce que mes idées arrêtent de tourner et qu'elles se déposent tout doucement, comme des morceaux de liège au fond d'une bouteille, et j'ai fini par convenir que ma mère avait raison: j'avais déjà un passé que personne ne pourrait jamais m'enlever, il me restait à me construire un présent. Mais où était-il?

10

J'ai entrepris ma deuxième session tête baissée, bien déterminé à me rendre au bout. Chaque semaine, je rapportais mes livres volés à la bibliothèque, et je les replaçais sur les rayons. Je fouinais un peu, j'en volais quelques autres, et je saluais poliment l'employé en passant devant le comptoir. Je ne lui demandais rien, je ne le dérangeais pas, il a fini par s'habituer. Parfois, quand il s'ennuyait, il venait s'asseoir en face de moi, regardait distraitement mes livres, et me parlait de ses nombreuses conquêtes. Quand il jugeait que je l'avais écouté avec suffisamment d'intérêt, il retournait à son poste et baissait le volume de sa radio. Un jour, je lui ai dit que je cherchais désespérément les *Confessions* de Jean-Jacques Rousseau. Le lendemain, il m'avait déniché le premier livre. Ce n'était pas de l'amitié, mais c'était tout de même un cran au-dessus de la coexistence pacifique. Quand j'en avais jusque-là de casser mon couteau de plastique sur le steak de la cafétéria et ma cuiller sur la croûte de la tarte aux pommes, quand j'avais fini de percer des trous dans les verres de mousse en pensant aux pierres que je lançais dans l'œil de Maurice Grevisse, sur le mur de la remise, j'aimais me réfugier dans la bonne vieille poussière des livres.

Hélène passait parfois me saluer. L'employé me lançait alors des regards lourds et augmentait sensiblement le volume de la radio. Au début, je pensais qu'il voulait me reprocher de profiter indûment de son hospitalité, mais j'ai fini par comprendre qu'il était tout simplement jaloux.

— Tiens, je t'ai apporté de la lecture!

C'était un magazine féminin plein de recettes de cuisine minceur pour l'été, de publicités de mayonnaise et de ces mannequins qu'on ne rencontre jamais dans la rue. Hélène tournait les pages à toute vitesse, pour finalement s'arrêter sur l'article qu'elle voulait me faire lire: «Permissivité: sommes-nous allés trop loin?» En préambule, la journaliste affirmait modestement avoir fait une grande enquête qui lui avait demandé des mois et des mois de travail. Elle avait multiplié les entrevues avec des directeurs d'écoles, des psychologues, des parents de tous les milieux, qui étaient unanimes: il était temps de changer de cap. L'article proprement dit commençait par une anecdote: les parents du petit Alexandre M., six ans, ne savaient plus où donner de la tête. Que faire quand votre enfant fait des colères chaque fois qu'on l'empêche de donner des coups de hache dans le piano? Doit-on le punir, au risque de le brimer à jamais? Ensuite, sans transition, une déclaration d'un célèbre psychologue qui venait de découvrir que la liberté d'expression de l'enfant ne saurait être absolue et qu'elle devait être limitée par la liberté des autres. Le reste était du même tonneau: les anecdotes, les citations et les affirmations gratuites s'enchevêtraient sans logique, mais on était emporté par le tourbillon, et on finissait par avoir l'impression d'apprendre quelque chose. La conclusion était au conditionnel: le vent serait-il en train de tourner?

C'était la première fois que je lisais un de mes articles. On avait évidemment simplifié les phrases et retranché les références à la civilisation grecque, mais dans l'ensemble, j'avoue que je n'étais pas mécontent, c'était tout à fait dans le ton du magazine.

— Tu es fier de toi?

— Bon, écoute, je sais bien ce que tu vas me dire: les anecdotes ont été tirées des livres de Neill, c'est à peine si les noms ont été modifiés, j'ai inventé les citations, et alors? T'imagines-tu que je suis le seul à faire ça? Il faut bien que je gagne ma vie, non?

— Je m'en fous que tu inventes des citations, je m'en fous que tu détournes des anecdotes de Neill pour te faire de l'argent, ce que je te reproche, c'est de ne pas avoir eu le courage de signer ton article. Qu'est-ce que c'est que ce pseudonyme?

— Ce n'est pas un pseudonyme, c'est le nom de ma sœur.

— Tu as une sœur?

— Je ne t'ai jamais dit que j'avais longtemps eu une sœur imaginaire?

Elle est partie en furie, sans me laisser le temps de répondre quoi que ce soit. Je suis resté interdit, puis j'ai relu mon article. Je l'avais écrit vite, sans trop y croire, puis je l'avais posté au magazine en espérant confusément qu'ils ne le publieraient pas. Sans trop y croire. Peut-on vraiment écrire autre chose que ce que l'on pense, même pour un article de magazine? Et si je pensais vraiment ce que j'avais écrit, est-ce que j'étais prêt à virer de bord, est-ce que je ne pourrais pas m'enliser encore quelque temps dans la décadence?

* * *

Une semaine plus tard, je me présentais au bureau du doyen, et je lui jouais une petite comédie: j'étais venu le saluer comme ça, en passant, je n'avais rien de particulier à lui dire, sinon que je trouvais parfois le temps long, aux résidences... Il m'a immédiatement invité à aller manger chez lui le samedi suivant, en m'assurant qu'Hélène serait sûrement ravie. Mais non mais non, je ne voudrais pas déranger, mais oui mais oui je vous en prie, et le tour était joué.

Samedi, quatre heures. J'ai rangé mes jeans et mon tee-shirt, et j'ai remis les vêtements que j'avais chez Victoria. Je n'avais pas de fer pour rafraîchir le pli de mon pantalon, ma chemise blanche avait commencé à jaunir dans le tiroir, mais ça pouvait encore aller. J'ai enfilé ma veste, beaucoup moins lourde que je ne l'aurais imaginé, et je me suis regardé dans la glace. Mes cheveux recouvraient mes oreilles, mais quant au reste j'étais intact.

En marchant jusqu'à la résidence du doyen, j'essayais de me détendre en regardant les étangs gelés des parcs, les maisons cossues, écrasées comme des crapauds au pied de la montagne, mais j'étais tellement excité que j'en oubliais de respirer.

J'ai eu tôt fait de repérer la maison, crapaud parmi les crapauds, et comme j'étais en avance de trente minutes, j'en ai profité pour aller acheter quelques fleurs. Deux bouquets, monsieur le fleuriste: le premier pour l'hôtesse, le deuxième un peu plus petit, s'il vous plaît, c'est pour ma fiancée, et faites vite, mon cocher m'attend, merci mon brave, tenez, voici pour vous.

Quatre minutes trente secondes avant l'heure, je sonnais. Le rideau de dentelle s'est écarté, Hélène est apparue. «Bonjour mademoiselle, le fond de l'air est frais aujourd'hui, voici quelques fleurs pour madame votre mère, celles-ci sont pour vous.» Ses joues ont pris une jolie couleur rose. J'ai enlevé ma canadienne, elle a regardé ma chemise blanche, ma veste, et m'a souri, encore toute rose.

— Veuillez me suivre, monsieur. Papa! Jacques est arrivé!

La voix du père est venue du fond de la cuisine:

— Installez-vous au salon, offre un verre à notre invité, je vais vous rejoindre dans quelques instants.

Pendant qu'Hélène s'affairait à je ne sais quoi, je me suis assis bien droit dans le fauteuil Louis XIII, j'ai regardé le piano, la causeuse, le foyer éteint. Je me rapprochais sensiblement de Victoria.

Hélène est venue me rejoindre avec un verre de je ne sais quoi mais c'était très bon, elle s'est assise dans la causeuse et m'a dit à toute vitesse, à voix basse:

— Écoute, je suis bien contente que tu sois venu, mais il faut que je te prévienne: ma mère est partie depuis un mois, ils ne se parlent plus, les avocats sont en train de les ruiner, ça va très mal. Mon père essaie de le cacher, mais il est complètement déprimé. Les fleurs sont dans ma chambre, je crois que ça vaut mieux. Essaie d'éviter le sujet.

Quand le doyen est venu nous rejoindre pour nous inviter à passer à table, il nous a surpris en pleine discussion sur l'actualité internationale.

Le doyen cachait bien son jeu, et il avait même l'air de s'amuser comme un enfant en faisant le service. Nous effeuillions nos artichauts, je retrouvais avec plaisir les deux fourchettes et les vraies assiettes, je regardais Hélène, j'écoutais distraitement son père nous faire la leçon sur l'art de servir le vin, qu'il goûtait un peu plus qu'il ne l'aurait fallu: au moment du roastbeef, beaucoup trop cuit, il était sérieusement éméché; à la fin du repas, il avait carrément du mal à rester droit. Hélène ne s'amusait plus du tout. Elle s'est levée pour desservir la table et est restée longtemps à la cuisine. J'aurais donné tout ce que j'avais pour laver la vaisselle avec la fille, mais son père me parlait, je ne pouvais pas le laisser seul... Je ne sais pas ce qu'aurait fait Corneille en pareilles circonstances mais moi, politesse oblige, j'ai choisi le père.

— Tout ce qu'il y a de valable chez Jean-Jacques Jousseau, je veux dire Rousseau, ce sont les *Confessions*: persécution, mégalomanie, c'est là que le Christ se révèle. Neill aussi, c'est un Christ. Vous avez lu *Le Journal d'un instituteur de campagne*, son premier livre? Le sermon sur la montagne, l'humour en plus. Je vais vous dire une chose, Jacques: des couronnes d'épines, c'est tout ce que ça mérite. Comme pour les avocats, d'ailleurs. Attention aux contrats de mariage, Jacques, attention... Pourquoi ne buvez-vous pas, ça ne fait pas de mal, donnez-moi votre verre.

Pas de chance: il a versé tout ce qui restait dans le verre qui n'existait pas. Pendant que je mettais du sel sur la nappe, il s'endormait sur la table. J'ai enlevé délicatement sa grande mèche blanche qui se mêlait aux restes de brocolis, et je me suis levé, sur la pointe des pieds. Hélène n'était pas dans la cuisine, ni dans le salon. J'ai entendu du bruit, à l'étage, et je suis monté. Elle était dans sa chambre, une jolie chambre de jeune fille, avec des fleurs bleues qui poussaient sur le couvre-lit, des chats de porcelaine qui dormaient sur la commode, entre les deux bouquets de fleurs, et de doux parfums qui s'échappaient des tiroirs. Elle était assise au pied de son lit, la tête entre les mains.

— C'est complètement pourri, Jacques, complètement pourri.

Je voulais bien admettre n'importe quoi. Je me suis approché un peu du lit, elle s'est levée, m'a regardé droit dans les yeux.

— J'aimerais mieux que tu me laisses. Une autre fois, d'accord?

Les enfants jouaient au hockey sur les étangs gelés, les yeux des crapauds étaient illuminés, et jamais, depuis que j'avais quitté Victoria, je n'avais été aussi bien.

11

Les murs des corridors étaient tapissés d'affiches, les poubelles débordaient de dépliants, et les professeurs étaient surexcités: du seize au vingt février avait lieu le dixième colloque annuel de la Société pour l'avancement de la pédagogie progressiste. Le gratin de la pédagogie internationale sans avoir à se déplacer, tarifs spéciaux pour les étudiants, une véritable aubaine. Comme je ne refusais jamais une occasion de m'instruire en ces matières, je m'étais empressé de remplir mon formulaire d'inscription.

Pour ouvrir le colloque, le lundi matin, nous avons eu droit à une conférence de Brach. Il est apparu vêtu d'une toge blanche, un gigantesque cœur cousu sur la poitrine, et nous a improvisé quelque chose à propos des Orgonautes, dont l'arrivée était supposée être imminente. Les visiteurs européens semblaient très impressionnés, les américains beaucoup moins: problèmes de traduction simultanée, chuchotait-on dans les corridors.

Dans l'après-midi, un conférencier de l'Université de Chicago nous a présenté un jeu de cinq cents blocs de couleur. «Adieu livres, crayons, cahiers, laissez les enfants jouer librement avec ces blocs, ils développeront leur motricité fine et leur pensée formelle, apprendront par eux-mêmes sans aucun effort les mathématiques, le solfège et la métaphysique, et ils seront en harmonie avec leur moi profond. Les commandes postales sont acceptées, merci beaucoup.» J'observais la salle: quelques étudiants, un ou deux journalistes, aucun professeur du département.

Le lendemain matin, l'assistance était clairsemée à la conférence d'un illustre confrère venu d'Islande pour nous entretenir des rapports intimes qui lient identification sexuelle et pédagogie. Au bout de cinq minutes je me suis mis à penser à Hélène, et je me suis réveillé à la toute fin. J'ai consulté ma montre: il avait parlé pendant deux heures.

L'après-midi, le conférencier s'appelait Jacques Charette, c'était un barbu aux épaules étroites qui n'avait presque pas de diplômes et enseignait pourtant la sociologie dans un collège. Son exposé n'était pas sans intérêt: avant de parler pédagogie, nous disait-il, il fallait d'abord se demander pourquoi, face à de nouvelles connaissances, la crainte l'emportait si souvent sur la curiosité. La question était bien posée, mais il s'est vite embrouillé dans des références historiques et psychanalytiques, et quand il nous a fait part de certaines expériences réalisées à l'aide de champignons hallucinogènes, j'ai complètement perdu le fil.

Mercredi matin, un petit vieillard chenu à lunettes rondes a fait salle comble. Bien qu'assis au premier rang, je ne saisissais rien de ce qu'il racontait: sa voix était si faible qu'elle ne réussissait pas à traverser les feuilles de papier qu'il tenait devant lui. Malgré tout, on l'a écouté religieusement pendant deux heures et il a reçu de chaleureux applaudissements. Quand il a rangé ses papiers dans sa serviette, tous les professeurs du département se sont empressés d'aller le féliciter et se sont bousculés pour l'inviter qui à leur chalet, qui au restaurant, qui sur leur voilier. Il acceptait modestement les compliments et les invitations, tout en distribuant à la ronde des formulaires d'inscription pour le prochain colloque qui avait lieu au printemps prochain, chez lui, à Aix-en-Provence.

Le lendemain, j'ai boycotté les conférences et je me suis présenté au bureau du doyen. Il avait le teint gris, les yeux cernés, l'esprit ailleurs, la conscience professionnelle proche de zéro, c'était le temps d'en profiter.

— Monsieur le doyen, je perds mon temps à l'université. J'ai d'excellents antécédents, ma conduite est irréprochable, je devrais avoir droit à une remise de peine.

Il m'a regardé d'un œil vague, a feuilleté mon dossier en faisant semblant de réfléchir à voix haute: équivalences, objectifs, exemptions, cours d'été, apprentissage individuel, nous avons fini par négocier une libération conditionnelle au bout d'un an et demi, et j'aurais mon diplôme en même temps qu'Hélène. C'était toujours ça de gagné.

12

Pendant un an et demi, j'ai parcouru des kilomètres de corridors et de rubans magnétiques, passé des nuits blanches à examiner chaque recoin du plafond de ma chambre, percé des milliers de trous dans les verres de mousse, brisé des dizaines d'ustensiles de plastique, respiré à pleins poumons la poussière de la bibliothèque, lu les œuvres complètes de Neill, de Reich et de Jean-Jacques Rousseau, écouté des phrases si creuses qu'elles produisaient leur propre écho, et tout cela me donnait l'impression curieuse de n'avoir rien appris et de tout savoir: il était temps que je mette fin à mes études.

J'ai reçu mon diplôme, un petit bout de papier même pas beau dans un étui de plastique même pas solide, pour lequel il n'y a même pas eu de cérémonie de distribution des prix. Je pouvais au moins me consoler à l'idée que j'avais enfin un permis de travail, et que je n'avais plus rien à faire dans cette gigantesque agence de rencontres pour étudiants et de voyages pour professeurs. J'ai fait mes valises, et quand les tiroirs de ma petite commode ont été vides, je me suis étendu une dernière fois sur mon lit d'étudiant et j'ai pensé à Hélène.

Depuis presque deux ans maintenant, nous nous fréquentions à l'ancienne. Nous aimions bien les concerts, surtout les pièces difficiles dans des salles à moitié vides. Après le concert, nous allions prendre un café au restaurant, puis elle m'accompagnait jusqu'aux résidences. Elle stationnait sa petite voiture dans une rue passante, et nous parlions de choses et d'autres pendant qu'elle laissait tourner le moteur avec le chauffage au maximum. Quand nous commencions à suffoquer, elle coupait le contact et nous nous embrassions. Bientôt, les vitres se couvraient de buée et les passants n'étaient plus que de vagues silhouettes sombres, de lointains habitants d'un autre monde.

Pendant deux ans, nous n'avons utilisé ni pilule, ni stérilet, ni petits sacs de caoutchouc. Elle n'est jamais venue dans ma chambre, je ne suis jamais retourné dans la sienne, je l'embrassais dans l'auto et c'est tout. Je ne demandais rien de plus, elle n'en offrait pas davantage. Quand je rentrais aux résidences, je rêvais un peu, étendu sur mon lit. Je m'endormais sans avoir fait de coche sur mon canif, mais tout allait bien.

* * *

Pour célébrer la fin de nos études, le doyen nous avait invités à un festin. Il venait tout juste de se trouver une nouvelle partenaire, la sixième depuis son divorce, et il était d'excellente humeur. Comme nous nous doutions que ça ne durerait pas et que nous avions envie de lui faire plaisir, nous avons été d'excellents spectateurs, applaudissant les souvenirs de voyage qu'il s'inventait, sifflant d'admiration quand il nous lisait avec emphase les étiquettes des bouteilles de vin, et riant à ses plus mauvais jeux de mots. Quand les regards du nouveau couple ont commencé à être indécents, nous sommes allés faire la vaisselle.

Les bruits qui nous parvenaient de la chambre de son père semblaient gêner Hélène, qui parlait très vite, sans reprendre son souffle: dans une rue voisine, elle avait vu un beau logement de cinq pièces, pas trop cher, les anciens locataires laisseraient leur réfrigérateur et leur cuisinière pour une bouchée de pain, il y avait de l'espace pour un lave-vaisselle dans la cuisine, les pièces étaient bien éclairées, les tapis un peu usés mais ça pourrait aller, son père était prêt à nous aider, il nous laisserait sûrement le mobilier de la chambre et peut-être aussi celui de la salle à manger, elle en avait parlé à sa mère qui lui avait conseillé d'attendre encore un peu, elle avait répliqué que le divorce n'avait rien de génétique, qu'il y avait des limites à la projection, et que de toute façon ça ne la regardait pas.

J'écoutais en silence en essuyant les assiettes. J'aimais bien écouter Hélène: la distance entre ce qu'elle disait et ce qu'elle voulait dire était toujours la même, ce qui est un phénomène extrêmement rare chez les universitaires.

TROISIÈME PARTIE

1

Dès que j'avais aperçu le bâtiment, au hasard d'une promenade dans mon nouveau quartier, mon cœur avait chaviré. J'avais eu un véritable coup de foudre pour ces vieilles pierres grises recouvertes d'une vigne centenaire, noueuse, qui grugeait le mortier. Les fenêtres étaient minuscules et grillagées, et s'ouvraient sur des arbres si hauts que la lumière ne pouvait pas entrer dans les salles de classe. Au-dessus de la porte principale, un blason, une devise: *Ad augusta per angusta,* à des résultats grandioses par des voies étroites. Partout autour, un enchevêtrement indescriptible d'ailes et de rallonges réunies par des corridors aériens. On devinait un labyrinthe complexe, peut-être même des voûtes et des souterrains, des oubliettes et des donjons. C'était Victoria, revue et corrigée par un architecte fou. Quand j'ai appris qu'un poste de professeur de latin y était disponible, je me suis aussitôt précipité.

À l'intérieur, des escaliers de bois aux marches creusées par des dizaines de générations d'élèves en uniformes, des tableaux noirs, des craies blanches, un silence de monastère, une bonne odeur de cire et de savoir, qu'est-ce que je pouvais demander de plus? Je n'aurais pas à enseigner la poterie aux enfants jusqu'à ce qu'ils découvrent leur moi profond, ni à leur mimer des couchers de soleil pour les guider sur les sentiers de l'épanouissement, mais le latin, une matière difficile, aride, et parfaitement inutile, pour laquelle on ne me demanderait pas de faire semblant d'aimer les élèves. Ils voulaient de l'autorité, je pouvais leur en donner: j'avais déjà le modèle, il ne me restait qu'à l'habiter. Ce poste, il était pour moi, et pour personne d'autre. Je m'apprêtais à subir les questions du comité d'évaluation avec une confiance inébranlable.

Ils étaient trois juges et j'étais seul, sans avocat ni jury ni témoin. J'étais seul, mais parfaitement à l'aise dans ma chemise parfaitement repassée, mes souliers de cuir noir et mon complet-veston. Le premier juge était directeur du personnel. Quand il m'a serré la main, je lui ai laissé contrôler la pression, mais je ne lui ai concédé la victoire qu'au dernier moment. Je crois qu'il a apprécié le dosage de confiance et de respect de l'autorité, et il m'a laissé tranquille. Mon bulletin, mon diplôme universitaire et la lettre de recommandation du doyen n'étaient que de simples formalités, et c'est à peine s'il y a jeté un coup d'œil. Mais quand il a aperçu mon vieux diplôme signé à la plume par le ministre, ses yeux se sont écarquillés. Pendant qu'il palpait amoureusement mon anachronisme préféré, je colmatais les brèches: mon âge était certainement un handicap, mais l'engagement d'un jeune professeur de latin, à notre époque, pourrait certainement contribuer à revaloriser la matière auprès de la clientèle. Je n'ai pas eu à travailler longtemps pour le convaincre. Je me souviens aussi qu'il m'a affirmé avoir beaucoup d'admiration pour les théories pédagogiques de mon père, et j'ai répondu par un sourire complice.

Le deuxième juge était l'image même de la rigidité: cheveux blancs, joues osseuses, et un maintien en béton armé. S'il n'avait été professeur jusqu'au bout des ongles, il aurait pu se trouver de l'emploi dans une manufacture d'outils, où on l'aurait utilisé comme étalon absolu pour tester les fils à plomb et les équerres. Cette preuve vivante de la théorie de la prédestination était chargée de contrôler mes connaissances académiques. Nous nous sommes bien amusés. Comme il s'intéressait davantage à mes réactions qu'à mes réponses, je me contentais du minimum. Les étapes du cursus honorum? Questeur, édile, préteur, consul. Les phrases sortaient des brumes de ma mémoire parfaitement intactes, solides comme des machines de guerre: balistes, catapultes, béliers, tortues. De déclinaisons en gérondifs en passant par les voûtes en plein cintre, nous nous sommes laissé emporter: comme moi, il préférait l'humour de Martial à celui de Juvénal, et il était prêt à admettre, après réflexion, que l'éloquence avait été à l'origine du droit, et non l'inverse. Le directeur du personnel consultait sa montre, d'autres candidats attendaient... Dommage.

Le troisième juge m'a causé plus de soucis. S'il avait été franchement hostile, j'aurais su m'adapter, mais pire qu'hostile, il était parfaitement impassible, pas la moindre question, ni sourire, ni hochement, ni grognement, rien.

Ce n'est que le lendemain, quand j'y suis retourné pour signer mon contrat, que j'ai enfin compris son rôle. Il m'attendait à la sortie du bureau pour me faire remplir une demande d'adhésion au syndicat. Il m'a chuchoté des explications si confuses que je n'y ai rien compris, mais j'ai signé avec empressement la minuscule carte qu'il m'a glissée dans la main: j'ai toujours aimé les atmosphères de conspiration.

* * *

Deux semaines plus tard, je donnais mon premier cours. Je savais pour m'y être entraîné qu'il y avait exactement seize pas de la porte de la classe jusqu'à la tribune. Si ma cage thoracique tenait bon, tout irait bien. Je marchais lentement, la tête haute, en essayant d'oublier les trente-deux élèves qui m'observaient des pieds à la tête. J'ai posé mes livres sur le coin du bureau, laissé s'étirer le silence, respiré profondément, puis j'ai jeté un coup d'œil sur la liste des élèves en tenant fermement mon crayon, pour ne pas leur laisser voir que ma main tremblait. J'ai tenté d'avaler ce qui me restait de salive, puis j'ai fait l'appel lentement, très lentement, en projetant ma voix jusqu'au fond de la classe. D'Archambeault à Vaillancourt, j'ai laissé à mon cœur le temps de se calmer.

En m'efforçant de soutenir les regards de mes trente-deux ennemis, je me répétais qu'ils étaient mal à l'aise dans leur uniforme, qu'ils souffraient dans leurs souliers neufs, qu'ils n'étaient pas si grands qu'ils en avaient l'air: ils avaient seulement grandi trop vite, et leur âme ballottait dans leur grand corps plein de vide.

L'autorité, c'est d'abord affaire de silence, et je

cherchais à retarder le plus longtemps possible le moment de leur parler. Je me suis tourné vers le tableau, j'ai pris une craie, et je leur ai écrit une phrase piégée, avec des subordonnées qui s'imbriquaient, des relatifs de liaison, et un ablatif absolu sans participe. J'ai pris le temps de me relire, et je me suis enfin tourné vers eux.

— Vous commencez votre deuxième année de latin. Vous devriez donc être en mesure de me traduire cet extrait des *Catilinaires.* Vous avez quinze minutes.

Ils n'ont pas bronché. D'interminables secondes se sont écoulées, puis quelques zélés, assis aux premiers rangs, ont enfin ouvert leurs cahiers et se sont mis à l'ouvrage. Ceux du milieu ont résisté quelques instants, pour le principe, mais ils ont fini par emboîter le pas. Il ne restait plus qu'un nid de résistance, tout au fond de la classe. Je les ai regardés droit dans les yeux, ils ont cédé, non sans avoir ouvert et refermé leurs cahiers à anneaux avec fracas, pour me signifier que dès qu'ils auraient trouvé mon point faible, ils attaqueraient, et pas de quartier.

Trente-deux têtes penchées, trente-deux nuques rasées, trente-deux doigts qui se glissaient sous le col pour dégager la pomme d'Adam, j'avais gagné la première manche.

Quelques pas dans une salle de classe, deux ou trois phrases, je ne comprenais pas pourquoi j'étais si fatigué: le soir, c'est à peine si j'avais la force d'essuyer la vaisselle. Hélène, qui avait commencé à enseigner dans une école publique, n'en menait pas plus large. Ce n'est pas la fatigue d'un mineur ou d'une couturière, mais n'empêche que trente-deux paires d'yeux rivés sur vous pendant quelques heures, ça vous met du plomb sur les épaules.

2

Dans le bureau que je partageais avec six autres professeurs, on s'échangeait des photos d'enfants et des souvenirs de vacances, on discutait sport, politique, hypothèques, mais jamais pédagogie. J'ai pensé un moment que c'était une comédie qu'ils me jouaient: ils connaissaient sans doute la redoutable réputation de polémiste de mon père et voulaient peut-être, comme mes élèves, prendre le temps de trouver mon talon d'Achille avant de tremper leurs flèches dans leur pire poison.

En octobre, il n'y avait toujours pas eu d'esclandre. Je jouais consciencieusement mon rôle de débutant toujours prêt à apprendre de ses aînés, je leur demandais comment ils maniaient les carottes et les bâtons, s'ils préféraient les retenues ou les travaux supplémentaires, ce qu'ils pensaient des examens à choix multiples, mais ils ne répondaient jamais directement à mes questions et se réfugiaient dans les banalités avant de retourner rapidement à leurs confortables conversations. En novembre, j'ai fini par comprendre qu'ils ne jouaient pas la comédie, que leur attitude était tout à fait naturelle: la pédagogie était pour eux quelque chose qui ressemblait à une corvée, et il était bien suffisant de la pratiquer sans encore avoir à en parler. J'insistais parfois en leur posant des questions sur leurs conceptions de l'autorité et de la discipline, et leurs réponses étaient toujours décevantes: l'autorité et la discipline étaient des valeurs qui allaient de soi, et c'était commettre un sacrilège que d'oser les contester, point à la ligne. Je devais donc me débrouiller seul, apprendre par l'expérience. En classe, je maintenais toujours mon attitude autoritaire, mais j'étais loin, très loin d'en retirer tout le plaisir que j'avais escompté. J'avoue qu'il y a un certain plaisir à imposer d'un seul regard le silence à trente-deux petits hommes débordants d'énergie, à expulser un élève d'un simple mouvement de l'index, à donner des exercices trop difficiles à seule fin de se mettre en valeur quand vient le moment de leur exposer les solutions dont on souligne l'évidence à grands traits de craie blanche, mais parmi tous les plaisirs de l'existence, c'est sans doute celui qui s'use le plus vite.

Mes collègues passaient beaucoup de temps à modifier leurs exemples, à composer des cahiers d'exercices ou à inventer de nouveaux pièges pour leurs examens. J'ai bien essayé de les imiter, mais je ne voyais pas l'utilité de leurs longues préparations. Je n'avais aucune envie de récrire *La guerre des Gaules* et les *Catilinaires* pour le plaisir de faire différent, et encore moins de simplifier la grammaire latine pour faciliter la tâche de mes élèves. Si des générations de professeurs avaient réussi à se débrouiller avec les mêmes immuables manuels, à quoi bon changer?

Très tôt, j'ai délaissé la matière pour me concentrer sur la manière. Comme Neill, j'ai commencé à tenir un journal, dans lequel je notais quelques observations, au jour le jour. J'en suis vite venu à m'intéresser à l'attitude fondamentale de mes élèves face au savoir, et à les regrouper en cinq grandes catégories.

Les plus faciles à repérer, c'étaient les forts en thème, les lèche-cul, les zélés: toujours assis aux premiers rangs, ils étaient petits, laids et merdeux. La plupart d'entre eux, heureusement, n'étaient que de vulgaires collectionneurs de médailles. Je les considérais comme des animaux de laboratoire qu'il me fallait bien nourrir, et je leur donnais ce qu'ils voulaient, barbouillant les marges de leurs textes de «bravos» rouges, de «félicitations», et de «très intéressant». Quand je leur remettais leurs copies, il arrivait souvent, par pur accident, qu'elles me glissent des mains, et ils devaient se pencher bien bas pour les ramasser. Seule une infime minorité de ces zélés pouvait être qualifiée d'irrécupérable. Quelle aberration génétique, quel horrible événement survenu dans leur enfance pouvait expliquer leur incompréhensible perversion, comment en étaient-ils arrivés à apprendre par plaisir? Faute de connaître la racine du mal, je n'ai évidemment pas trouvé de traitement adéquat.

Les élèves de la deuxième catégorie étaient aussi facilement identifiables que les premiers, et presque aussi détestables. On les remarquait d'abord à leur tenue vestimentaire. Bien que les règlements de l'école fussent très stricts à cet égard, ils s'ingéniaient à marquer leur différence par des tissus de qualité, des chaussures en crocodile et des stylos en or qu'ils s'amusaient à faire cliqueter. Ils rédigeaient leurs brouillons sur du papier à en-tête de l'entreprise paternelle, et me faisaient sentir qu'ils gagneraient bientôt plus en une journée que moi en une année. Ceux-là, je les faisais baver. Je les traitais d'incapables, je les humiliais publiquement en donnant leurs mauvaises copies en exemple. À force de me détester, ils finiraient bien par détester l'humanité tout entière, et leurs parents, qui payaient cher pour qu'on développe leurs qualités d'hommes d'affaires, en auraient pour leur argent.

Ensuite, il y avait les costauds, les meneurs, les matous, ceux qui mettaient tout leur orgueil et toute leur ingéniosité à ne pas apprendre. Leur attitude étant fondamentalement saine, je leur donnais ce qu'ils attendaient de moi en les provoquant chaque jour un peu plus. Quand je sentais que l'affrontement était imminent, je les prenais à l'écart et leur demandais si une carrière de joueur de football les intéressait, puis je leur recommandais de profiter de la prochaine remise de copies pour imaginer un stade bondé, des souliers cloutés, un élève zélé à la place du ballon, et le plus long botté de l'histoire. Je n'avais pas de problèmes de discipline: le code d'honneur de ces individus était très strict, jamais ils n'auraient trahi un complice.

J'aimais bien les silencieux, les timides. Sur leurs copies, des notes moyennes, jamais de blâmes ni de félicitations, c'est à peine si j'encerclais leurs fautes d'orthographe. Par respect pour leur anonymat, je ne les interpellais jamais, j'oubliais de les interroger. Tout ce que je pouvais faire pour eux, c'était de confisquer leurs revues pornographiques. Ils y mettraient peut-être le temps, mais j'avais l'intime conviction qu'ils me seraient éternellement reconnaissants d'avoir contribué au développement de leur imagination.

Mes préférés, c'étaient les rêveurs, les lunatiques. Grands amateurs de la danse des poussières dans les rayons de soleil, ils avaient compris sans aucun effort qu'on n'apprend bien que malgré soi. De temps à autre, tout de même, je m'approchais sur la pointe des pieds et je donnais un grand coup de règle sur le coin de leur pupitre. Ça me fendait le cœur, mais je tenais à ce qu'ils apprécient leur bonheur.

* * *

Souvent, des idées folles me passaient par la tête: entrer en classe vêtu d'une toge, comme Brach, mettre des bandes dessinées au programme, les encourager à tricher, leur demander d'apporter des instruments de musique... La raison reprenait évidemment chaque fois le dessus, n'empêche que ces idées revenaient assez régulièrement pour que je sache déjà que je n'étais pas à ma place: qu'est-ce que j'étais venu faire dans cette école?

3

Chaque soir, je rentrais directement chez moi, chez nous plutôt, et je regardais vivre Hélène. Elle revenait toujours de son école fatiguée: fatiguée de la lutte de tous les instants qu'elle devait mener pour se construire une image autoritaire, elle qui n'avait jamais eu de modèle digne de ce nom, fatiguée de son statut minoritaire dans cette immense école publique où elle ne s'entendait qu'avec quelques vieux professeurs, fatiguée de ses élèves qui avaient tellement soif de rigueur qu'ils s'accrochaient à elle comme à une bouée.

Après le repas, elle aimait aller marcher et, en rentrant, elle faisait jouer des disques. Le plus souvent, c'étaient des morceaux classiques qui ne gênaient pas mes lectures, mais il lui arrivait quelquefois, lorsqu'il était très tard, d'écouter des chansons. Certains textes étaient de Baudelaire, Villon ou Verlaine, et avaient été mis en musique par des chanteurs sans voix. Ceux-là méritaient une écoute attentive, mais la plupart des autres étaient banals à en pleurer. Une ligne mélodique élémentaire, trois accords de guitare, des rimes sans surprise, on les connaissait par cœur avant même de les avoir entendues. Pourtant, quand elle écoutait ces disques, elle agissait comme si elle avait assisté à une cérémonie religieuse. Elle enlevait ses chaussures, s'étendait sur le divan, fermait les yeux, et les faisait tourner à l'infini. Quand je la tirais de sa torpeur, je surprenais des larmes sur ses joues. Malgré son éducation, elle était donc capable de rêver?

C'est elle qui s'était chargée de la décoration de notre appartement. Elle avait passé un temps fou à choisir des couleurs pour les tentures et le papier-peint, à me proposer de nouveaux aménagements pour le salon, à recommencer ce que je croyais terminé. Moi qui avais toujours vécu dans la même maison où chaque chose était à sa place pour longtemps, où l'arrivée de chaque nouveau meuble était un événement dont nous parlions pendant des semaines, je m'étonnais de ces constants changements de décor. J'avais un peu rechigné au début, mais j'ai fini par apprécier: quand je rentrais à la maison, je laissais mes yeux se promener sur les fleurs du papier-peint, et je n'avais nulle envie de discuter pédagogie.

Hélène... Quand j'étais chez Victoria, je passais de longues heures à écrire son prénom dans les marges de mes cahiers, je le dessinais avec des cailloux ou de petites branches sur les bords de la route, et chaque fois je m'imaginais que j'irais un jour m'abriter sous les deux accents, l'aigu et le grave, qui faisaient une tente au-dessus d'elle. Elle s'était installée dans ma vie tout doucement, et maintenant elle était là, tout entière, toute vivante, elle partageait mon lit. J'avais découvert avec soulagement qu'elle ne comptait pas ses calories, qu'elle avait mieux à faire que de s'intéresser à ses artères, qu'elle savait aller dans la vie comme on va dans un magasin de porcelaine; elle était là, bien en chair, bien réelle, et j'apprenais jour après jour à la regarder aller au-delà de la raison, je découvrais ses sourires, ses soupirs, ses silences, les cédilles qu'elle posait sous la lucidité, la peau de son dos, un peu rugueuse, sur laquelle la main ne glissait pas, le léger duvet de son cou qui se couvrait parfois d'une rosée chaude, ses yeux qui me laissaient pénétrer jusqu'à son noyau de douleur, et je savourais sa réalité comme on savoure une vengeance.

4

Le samedi soir, il nous arrivait quelquefois d'aller manger chez son père. J'aimais bien ces longs repas copieusement arrosés: je laissais parler le doyen, qui ne demandait pas mieux que de discourir, et j'essayais d'imaginer l'enfance d'Hélène: comment avait-elle réussi à ne pas se noyer dans ce flot de paroles? Quand nous rentrions à la maison, vaguement gris, je n'avais qu'à lui poser quelques questions pour qu'elle embraie aussitôt: pourquoi son père agissait-il toujours comme une caricature de lui-même, pourquoi ne disait-il jamais quoi que ce soit qui sonne vrai, même dans ses plus larmoyantes confidences?

— Parce qu'il a toujours considéré que les mots étaient un organe de préhension.

— Tu pourrais m'expliquer, chère Hélène?

— Je veux bien, mais c'est une longue histoire. Au début, il y a un village perdu dans la neige, au bord d'un fleuve large comme la mer, des oiseaux blancs qui crient comme des corneilles, l'odeur du varech... Le petit Philippe a huit ans. En rentrant de l'école, il s'attarde souvent dans les rues de son village. Il se fait fouetter par le vent du large, un vent acide, glacial, qui charrie bien peu de poésie et beaucoup de froid.

Il dévore des yeux la maison du médecin, une belle grosse maison de briques, toute chaude, entourée d'une immense véranda. Un peu plus loin, une autre grosse maison, celle du notaire, et par la fenêtre illuminée, Philippe regarde avec envie la bibliothèque, les toiles de maîtres, et la jeune fille qui joue du piano, les grandes tresses blondes qui se balancent dans son dos.

Dans la maison de Philippe, une petite maison de planches grises, il n'y a que des enfants qui se chamaillent et des parents qui crient plus fort que le vent. Pas de livres, pas même un dictionnaire, seulement un vieil almanach qu'il a déjà lu tant de fois qu'il connaît par cœur les prévisions météorologiques de l'année dernière.

Philippe n'est pas l'enfant secret d'une reine, il n'a aucun talent pour la boxe ni pour le hockey, il n'a pas une voix d'or. Pour quitter la misère, il ne lui reste que les mots, ceux du notaire et du médecin, ceux de la maîtresse d'école. Alors il s'applique à imiter son langage ampoulé jusque dans ses manies, il soigne sa calligraphie, se propose pour nettoyer le tableau, se fait remarquer par son zèle. Quand il retourne chez lui, le soir, il utilise quelques mots nouveaux, quelques mots qu'il croit savants, et ses parents ne le comprennent pas. Très tôt, Philippe a conscience de posséder un trésor, un capital à exploiter.

À l'école, Philippe s'applique, s'obstine, et se découvre une habileté à deviner les questions de l'examen. Il est toujours premier de classe, la maîtresse parle de lui à monsieur le curé, qui lui prêtera des livres pieux dans lesquels il se plongera à s'en arracher les yeux, notant sur des petits bouts de papier les mots inconnus, répétant devant la glace les formules rares venues tout droit de France, couvant tranquillement son petit capital qui grandit, qui grandit...

À la fin de son cours primaire, monsieur le curé convoque l'enfant au presbytère pour lui parler d'un certain appel de l'au-delà, et Philippe, qui est prêt à n'importe quoi pour sortir de son village, accepte aussitôt.

À douze ans, Philippe se retrouve seul dans un train, vêtu d'un pantalon rapiécé et d'une chemise neuve, sa toute première chemise neuve: toutes les autres avaient été portées par deux ou trois de ses frères. Pour tout bagage, une valise donnée par monsieur le curé. Après un long voyage, il arrive dans une petite ville où le fleuve est beaucoup moins large que chez lui, mais où toutes les maisons sont en briques.

Au séminaire, les autres élèves se moquent de ses pantalons rapiécés mais Philippe s'entête, développe encore son talent pour deviner les questions d'examens, et réussit si bien qu'il finit toujours parmi les premiers de sa classe. Quand son ardeur à étudier faiblit, il pense à sa petite maison de planches et aux tourelles de la maison du docteur, à la jeune fille aux longues tresses qui jouait du piano.

Au bout de huit longues années d'études, il est reçu par le supérieur du séminaire qui lui parle de son engagement envers l'au-delà. Philippe réussit à le convaincre que sa véritable vocation est d'enseigner: il sait le poids des privilèges qu'on lui a accordés en lui permettant de s'instruire, et il voudrait donner cette chance à d'autres enfants. Le supérieur s'incline.

Philippe se trouve un poste d'enseignant dans une triste ville de banlieue. Les élèves se moquent de lui, ils ne veulent ni parler pointu ni apprendre des poèmes, et se font un point d'honneur de rater leurs examens. Chaque matin, au moment d'entrer en classe, Philippe a peur, il voudrait être ailleurs. Mais où aller quand on ne sait rien faire d'autre que de deviner les questions d'examens? Il ne peut trouver mieux comme fuite en avant que de s'inscrire à l'université.

Quelques années plus tard, il est devenu docteur en pédagogie, et se retrouve en face d'une classe remplie d'enseignants qui ont vingt ans de plus que lui et qui se soucient des théories comme de leur première craie. Ils n'écoutent Philippe que pour obtenir quelques crédits qu'ils pourront ensuite échanger contre une poignée de dollars.

Comme Philippe ne sait rien faire d'autre que de parler de pédagogie et qu'il n'est pas question de retourner dans son village perdu, il se trouve des projets de recherche, des réunions, n'importe quoi pour ne pas avoir à enseigner.

Mais il a gardé de son passage à l'école cette habileté à deviner les questions, et il commence à sentir que le vent tourne: ces jeunes qui ne veulent rien savoir de ce qu'on leur enseigne, ces milliers de jeunes qui arrivent en masse de l'après-guerre, qui ruent dans les brancards, qui rejettent toutes les valeurs sur lesquelles il s'est appuyé pour en arriver là où il est... Philippe les déteste, mais il voit autour de lui les vieux professeurs qui démissionnent, les curés qui défroquent, ses supérieurs qui quittent leurs postes pour d'autres plus élevés, au ministère, là-haut, loin de l'enseignement... Philippe adapte son discours, parle de liberté, d'ouverture, de décloisonnement, d'épanouissement personnel. Voilà comment on devient doyen de la faculté de pédagogie sans avoir jamais vraiment enseigné, voilà comment les mots servent à faire de l'alpinisme.

— Mais il y croit quand même un peu, à ces mots, non?

— C'est difficile à dire. Il a un beau bureau, une belle automobile avec des panneaux en simili-bois sur les côtés, comme celle du médecin du village où il ne retourne plus jamais, il a une grosse maison de briques sur le flanc de la montagne, avec un petit balcon, un piano dans le salon, des fauteuils Louis XIII, et une épouse qui a perdu ses tresses mais qui sait encore jouer du piano, et qui lui a donné une fille.

— Et qu'est-ce qui arrive avec sa fille?

— Quand vient le moment de l'envoyer à l'école, il voudrait bien qu'elle apprenne comme lui les mots de France, ceux qui lui ont permis d'arriver là où il est arrivé, mais il est entouré de jeunes loups prêts à bondir sur lui au moindre signe de conservatisme, alors il l'envoie dans des écoles libres... Tu as vraiment envie d'en parler?

— Pas vraiment. Mais ce qui m'intéresse, c'est de savoir comment tu t'es retrouvée chez moi.

— Mon père a toujours gardé son sixième sens, celui qui lui permettait de deviner les questions d'examens. À l'université, il sent un je ne sais quoi dans l'ennui des étudiants, dans les phrases de ses collègues qui tournent en rond, un je ne sais quoi qui lui dit que le vent va bientôt tourner. Alors il rencontre ton père, ce paria que tous ses collègues rejettent, et lui demande s'il accepterait de donner quelques leçons à la prunelle de ses yeux, ne serait-ce que pendant quelques semaines, dans le plus grand secret. Tu connais la suite.

Oui, je connais la suite, mais comme j'aurais aimé assister à cette rencontre... Je les imagine tous les deux dans un restaurant, assis à l'écart, complotant à voix basse au-dessus d'un café. Le doyen flatte mon père dans le sens du poil, l'autre écoute, songeur: pourquoi pas, après tout? Quelqu'un qui fait une fugue, aussi petite soit-elle, mérite toujours une récompense.

5

Deux mois avant la fin de l'année scolaire, mes élèves avaient depuis longtemps terminé le programme officiel, la révision générale et la préparation de la prochaine année. Quand j'entrais en classe, je prenais l'air le plus sévère de mon répertoire pour leur annoncer que je leur avais préparé un exercice extrêmement difficile, et qu'ils n'auraient pas trop de toute la période pour en venir à bout. Docilement, ils ouvraient dictionnaires et grammaires pendant que je leur distribuais leur travail: *Les mémoires d'un âne*, une version de dix lignes qu'ils expédieraient en cinq minutes. Pendant le reste de la période, ils devraient faire semblant de travailler dans un silence religieux: je tenais l'observation de la danse des poussières dans les rayons de soleil pour une activité qui ne souffrait pas la moindre distraction.

C'est fou comme ils comprenaient vite ce qu'on ne leur expliquait pas: ils m'adressaient un sourire de complicité que je faisais semblant de ne pas voir, et se mettaient à l'ouvrage avec tant de conviction que le ministre de l'Éducation, s'il était venu nous rendre visite à l'improviste, en aurait versé une larme émue.

Au bout de dix minutes, un de mes rêveurs

préférés me demandait si je ne pourrais pas ouvrir la fenêtre. Je consultais ma montre: il avait raison, ce serait bientôt l'heure.

J'ouvrais grande la fenêtre pour laisser entrer la chaleur du soleil, l'odeur de l'humus, et les bruits de la rue, à peine feutrés par les feuilles naissantes. S'il n'y avait eu une moustiquaire, je leur aurais offert quelques papillons en prime. Je me promenais entre les rangées, pour le plaisir de voir leurs épaules s'abaisser de deux crans et leurs abdominaux se décontracter, jusqu'à ce que la cloche annonce la récréation de l'école des filles, qu'un pédagogue avisé avait eu la bonne idée de construire de l'autre côté de la rue, à portée du regard. Quelques instants encore, et la classe se remplirait de l'écho des rires des jeunes filles et des halos des rêves de mes élèves.

Pour les faire languir, je retournais à mon bureau, et je faisais semblant de travailler. Ils me lançaient des regards suppliants, et j'en profitais pour renouer notre pacte tacite: si j'entendais un seul ricanement, je fermais la fenêtre, et je leur donnais une vraie version qui leur ferait vider un bocal d'aspirines dès leur retour à la maison. Quand ils s'étaient tous engagés d'un hochement de tête, je retournais à mon poste d'observation, et je regardais les jeunes filles se promener lentement deux par deux, évitant soigneusement les coins d'ombre, se gavant de soleil, puis je laissais mon regard glisser lentement vers Odile, qui surveillait ses élèves. Ses joues toujours rouges, sa taille un peu enveloppée, ses yeux rieurs...

Odile avait commencé à enseigner en même temps que moi. Elle habitait tout près de l'école, et le matin, les élèves nous voyaient souvent arriver ensemble. Le soir, je l'accompagnais jusque chez elle, et je m'attardais au seuil de sa porte, où des élèves, encore une fois, ne manqueraient pas de m'apercevoir.

À la fin de la récréation, je fermais la fenêtre et je ramassais les copies, en affectant un sourire un peu niais. Dur, le métier de fabricant de souvenirs.

* * *

Un jour, évidemment, Odile m'avait invité à entrer pour prendre un café. J'étais horriblement gêné: comment aurais-je pu lui expliquer que je m'étais servi d'elle pour faire croire à mes élèves que j'étais amoureux, et que je commençais, bien malgré moi, à me prendre au jeu? Nous avions bu notre café, je m'étais ensuite intéressé à sa bibliothèque, où j'avais été étonné de trouver de nombreux livres introuvables de Reich. Elle m'avait raconté qu'elle avait été élevée dans une famille très sévère, et qu'elle n'aimait rien tant que de transgresser tout ce qu'il y avait à transgresser. La conversation n'avait pas tardé à devenir primesautière, les mots se tournaient et se retournaient, dévoilant leurs doublures, et venaient me tirailler les entrailles...

Je me suis attardé plus longtemps que je ne l'aurais dû. J'avais évidemment quelque difficulté à démêler mes principes, mais quelques verres de vin eurent bientôt fait de laisser glisser ma raison sur une pente favorable: pourquoi me serais-je privé du plaisir de tout jeter par-dessus bord, l'espace d'une soirée? Tout jeter par-dessus bord...

Pendant quelques heures, je n'ai pas éprouvé l'ombre d'un remords, mais je n'étais pas aussitôt sorti de chez elle que j'ai pensé à ce que j'avais fait: est-ce que je ne m'étais pas trompé de cible? Pourquoi m'attaquer à Hélène, alors qu'elle n'avait rien à voir avec mes problèmes, pourquoi m'attaquer à une personne, alors que j'en avais contre une institution? C'est une école que je voulais trahir, une école qui n'avait rien d'autre à offrir que des apparences de rigueur.

6

Hélène était en robe de chambre et lisait, en m'attendant, *Libres enfants de Summerhill.* Je lui ai raconté ce qui m'était arrivé très rapidement, sans détails inutiles, sans chercher à me justifier. À la fin de mon récit, elle a posé doucement son livre sur la table et s'est retirée dans la chambre à coucher. Quelques instants plus tard, elle réapparaissait en jeans et en chandail, les clés de la voiture à la main.

— Il est temps qu'on se parle sérieusement. Suis-moi.

J'ai essayé de lui demander où nous allions, elle n'a pas voulu répondre. Comme je n'étais pas en position de poser des questions, je l'ai suivie. Elle conduisait la voiture très rapidement, en regardant toujours droit devant elle. Aux feux rouges, je l'observais, à la dérobée: dents serrées, impatiente, décidée, mais pas triste pour deux sous.

Quand nous sommes arrivés à la maison de son père, elle est entrée sans frapper. Des bruits feutrés nous parvenaient de la chambre à coucher.

— Papa? C'est moi, Hélène, ne te dérange pas, je veux juste montrer quelque chose à Jacques.

Sans lui laisser le temps de répondre, elle a pris le

chemin du sous-sol, et je l'ai suivie jusque dans le garage, où elle s'est finalement arrêtée, le souffle court, en face d'un établi couvert d'un tel amoncellement d'outils qu'il ne restait plus d'espace pour travailler.

— Qu'est-ce que c'est, à ton avis?

— Un établi. Tu ne m'avais jamais dit que ton père était bricoleur.

— J'ai mal posé ma question. Qu'est-ce que c'était, avant d'être un établi?

— Je ne sais pas. Un bureau, peut-être? On aura enlevé les tiroirs...

— Tu n'y es pas du tout. Regarde ici, les traces de pentures. Devant, il y avait des portes vitrées. Tu vois ce grand rouleau? C'était pour changer la toile de fond. Une seule grande couverture de dix mètres, il faut avouer que c'était bien commode. L'air était filtré. Il était tellement propre qu'il n'était pas nécessaire de me donner plus d'un bain par semaine.

— ...Tu vivais là-dedans?

— Vingt-quatre heures par jour, à partir de ma naissance jusqu'à l'âge de deux ans. Tout ça parce que mon père avait lu un article sur les théories de Skinner, qui avait élevé sa fille dans une boîte semblable. La compétition était forte à l'université et il voulait être à la fine pointe... Mais rassure-toi, ce n'était pas aussi terrible que ça en avait l'air: on me sortait souvent, pour changer mes couches, me laver ou me faire jouer, et je pouvais regarder à travers la vitre; je n'avais ni vêtements ni couvertures, la température était idéale... Il paraît que je ne pleurais jamais. Non, ce n'était pas si terrible, mais ce n'était que la première expérience, la première mode. Un jour je te raconterai les trois écoles alternatives où j'ai fait mon cours primaire, les quatre écoles secondaires où je n'ai rien appris, je te montrerai la pièce où sont entreposés mes jeux éducatifs: il y a une garde-robe remplie de jouets en bois, pour le contact charnel avec la nature... Quand les collègues de mon père venaient à la maison, ils me demandaient souvent de dessiner des arbres; je ne comprenais pas ce qu'ils attendaient de moi, et mon père devait traduire: «Le monsieur voudrait que tu fasses un test de projection, tu veux être assez gentille?» Et j'étais gentille. Pendant quatorze ans. Quatorze ans, tu m'entends? De Skinner à Montessori à Neill, de théorie à la mode en théorie à la mode, j'ai tout essayé, et je n'ai rien appris. Tu te souviens, quand je suis allée chez toi? J'étais tellement fatiguée de changer à tout bout de champ d'école et de méthodes que je lui ai fait une colère dont il se souvient encore: dans la voiture, je n'ai rien dit de tout le voyage. Seulement, j'ai passé tout mon temps à découper de belles lanières de cuir dans la banquette. Mais je me suis vite rendu compte de mon erreur: vous ne portiez pas de sandales de bois, vous ne parliez pas d'épanouissement et de recherche du moi profond, vous appreniez les mathématiques, vous lisiez les classiques... Bon, tu connais le reste de l'histoire, et on a autre chose à faire.

Au retour, elle conduisait en silence, tellement chargée à bloc que je craignais qu'elle ne provoque un court-circuit en actionnant les clignotants. De feu rouge en feu rouge, elle semblait se calmer, et sa respiration se faisait plus profonde. Quand nous sommes arrivés dans notre rue, elle est passée tout droit, et s'est arrêtée dans le stationnement de son école. Elle a enlevé la clé de contact, fermé sa fenêtre, baissé le dossier de son siège.

—J'aime autant te prévenir, je suis dans mes jours fastes. On y va?

— Ici? Comme ça? Tu ne préfères pas qu'on en discute un peu?

— Il faudra bien y arriver un jour ou l'autre, non? Alors pourquoi pas tout de suite?

Bien qu'Hélène connaisse parfaitement mes points faibles, elle avait toujours été assez fine pour n'en rien laisser paraître. C'était la première fois depuis le début de notre association qu'elle faisait preuve d'autorité, et les vieux ressorts de mes réflexes, longtemps comprimés, se sont détendus d'un seul coup: obéir d'abord, réfléchir ensuite. Lentement, les vitres se sont couvertes de buée.

7

Un jour, quelques semaines avant la fin de l'année scolaire, le directeur du personnel était entré dans la salle des professeurs et nous avait remis à chacun une liste de noms et de numéros de téléphone, en nous baratinant quelque chose à propos des joies et des exigences de l'école privée, de l'importance des contacts avec la clientèle et du maintien des traditions qui, des traditions que... Bref, c'était une tâche ingrate, mais il savait qu'il pouvait compter sur nous.

Ne sachant pas ce qu'on attendait de moi, j'ai demandé à mes collègues d'éclairer ma lanterne. Ils m'ont expliqué qu'il s'agissait de téléphoner aux parents des élèves pour leur dire que leur enfant dénotait de belles aptitudes, qu'il devrait peut-être faire un effort supplémentaire en mathématiques ou en latin, que dans l'ensemble tout allait bien, bref n'importe quoi. Certains me recommandaient de me débarrasser de la corvée le soir même en répétant le même message à tout le monde, d'autres me suggéraient plutôt d'échelonner les appels sur une semaine et de varier le contenu, histoire de tromper la routine; tout ce qui importait, c'était que la liste soit terminée dans les dix jours. Le directeur pourrait alors commencer à poster les formulaires d'inscription pour l'année prochaine. Plus on dirait de bien de leurs enfants, plus les paiements arriveraient rapidement, certains ajouteraient peut-être même une donation.

À peine nous avait-il quitté que je confectionnais une boulette avec sa liste et, d'un geste large, la lançait vers la corbeille, à l'autre bout de la pièce. La trajectoire était parfaite, et sans même avoir rebondi sur le mur, le projectile a atterri au milieu de la cible. Spontanément, tout le monde s'est levé pour applaudir.

Mon expérience de l'autorité rentable s'est terminée ce jour-là. Le lendemain, j'étais convoqué au bureau du directeur.

* * *

Les peintures à l'huile étaient authentiques, le bar camouflé en classeur parfaitement invisible, la bibliothèque aux livres trop bien rangés purement décorative, ce qui était tout à fait normal dans le bureau d'un directeur du personnel, le directeur du personnel étant authentique et décoratif lui aussi, avec ses ongles trop bien taillés, ses phrases ampoulées et sa façon de ne jamais me regarder dans les yeux; pourtant, il y avait quelque chose qui jurait dans ce bureau, et je ne serais pas satisfait tant que je ne l'aurais pas trouvé.

— Mon cher ami, vous comprenez sûrement que dans une institution comme la nôtre, une institution qui plonge ses racines dans le sol fertile des traditions les plus riches de notre société, il faille procéder régulièrement à l'évaluation de notre personnel, et nous avons à cet égard une longue tradition faite de rigueur et de franchise, mais aussi de respect de l'individu...

Comme il en avait encore pour longtemps à s'embourber dans le terrain vaseux des traditions, je pouvais très bien l'écouter d'une oreille distraite tout en essayant de trouver ce qui n'allait pas. Sur le bureau, à côté du buvard, un gigantesque socle de marbre, ridicule, dans lequel étaient fichés un stylo et un coupe-papier démesurés. À gauche, une photo de ses enfants: sourires timides, cheveux courts, blazers marine, impeccables. Le cadre était couvert de poussière, les couleurs délavées. Où étaient-ils, maintenant? Sur les chemins de Katmandou, dans une commune en Californie, dans une prison turque? Touchaient-ils des droits pour l'utilisation que faisait leur père de leur souvenir?

— Depuis que vous êtes à l'emploi de notre institution, nous n'avons eu que des rapports favorables de vos collègues. Les résultats de vos élèves sont surprenants, et vous avez le don, nous semble-t-il, de réussir à stimuler les moins doués. Un dossier vraiment irréprochable...

Nous y étions. Il a regardé ses mains jointes posées sur la table, ses pouces lancés dans une folle poursuite sans fin. Après une telle entrée en matière, il devait logiquement reprendre son souffle et trancher avec un «mais», un «cependant», un «pourtant»...

— Toutefois, certains faits m'apparaissent pour le moins étranges. Ainsi, alors que vous obtenez des résultats étonnants avec les éléments les moins doués, il ne semble pas que vous ayez su capter l'attention des meilleurs... À ce sujet, j'ai le regret de vous dire que nous avons reçu quelques plaintes, assez curieuses d'ailleurs: on vous accuse en effet d'abuser de votre autorité dans le but d'imposer un certain laxisme. Nous n'avons pas l'habitude d'accorder la moindre crédibilité aux rumeurs et aux ragots de corridors. Dans votre cas, cependant, la situation est plus grave: il s'agit de nos meilleurs élèves, et les plaintes sont écrites...

Ayant depuis longtemps deviné ce qui suivrait le «bref» sonore avec lequel il allait tenter de se dépêtrer, je n'écoutais plus, d'autant que j'avais enfin trouvé ce qui n'allait pas: dès qu'on entrait dans ce bureau, une forte odeur d'autorité vous sautait au nez, mais c'était une odeur factice, de très mauvaise qualité. Il avait dû acheter un de ces vaporisateurs en solde, de ceux qu'on réserve aux gérants de banque et aux médecins débutants.

— Vous resterez évidemment avec nous jusqu'à la fin de l'année, mais j'ai le regret de vous annoncer que votre contrat ne sera pas renouvelé.

8

Une semaine avant la fin de la session, je suis resté à mon bureau longtemps après les heures de classe. La fin approchait, et je ne savais même pas si je devais être déçu ou soulagé. Le merveilleux silence d'une vieille école vide réussirait-il à m'éclairer?

Ne sachant par où commencer, j'ai entrepris de corriger à toute vitesse des dizaines et des dizaines de copies sans jamais reprendre mon souffle ni m'aérer l'esprit. Si les plongeurs craignent l'ivresse des profondeurs et les routiers l'hypnose des lignes blanches, les professeurs savent qu'à force de lire et de relire les mêmes phrases, il se produit souvent chez le lecteur une sorte de dérèglement de la conscience, un état second qui peut parfois mener à l'ivresse, et c'est précisément cette ivresse que je cherchais. Quand j'ai finalement posé mon crayon rouge sur ma table de travail, il faisait déjà nuit.

Je suis sorti du bureau sur la pointe des pieds, j'ai emprunté l'escalier qui menait à la sortie, mais je n'ai pas ouvert la porte. Comme un somnambule, j'ai continué à descendre jusqu'au sous-sol. De corridors en corridors, les plafonds s'abaissaient, les murs se rapprochaient, je savais que je n'étais pas loin du bâtiment principal, du cœur de la vieille école. Toutes ces portes à ouvrir, ces salles à explorer, ces voûtes, ces catacombes, ces oubliettes, il fallait que j'y descende, un jour ou l'autre.

Au bout du dernier corridor, une porte basse. J'ai tourné la poignée, elle s'est ouverte en grinçant. Une ampoule nue au plafond, un mur couvert de vieux classeurs de bois travaillés par l'humidité, remplis à ras bords de bulletins, d'examens, de formulaires d'inscription; cent cinquante ans de paperasse scolaire, cent cinquante ans de poussière. Dans le dernier tiroir du dernier classeur, j'ai trouvé des sacs de billes, des frondes, de la gomme à mâcher, des cigarettes, des jeux de cartes, des feuilles de batailles navales, des pistolets à patates, *L'Amant de lady Chatterley*, *La Nausée*, *Les Fleurs du mal*, des revues pornographiques, des cartes de joueurs de hockey, du poil à gratter, des jarretelles, des bouteilles d'alcool, des lettres d'amour... Sur chaque objet, une étiquette: date de la confiscation, nom de l'élève et du professeur, et un espace vide pour indiquer la date de la réclamation.

Amusé, attendri, j'ai poursuivi mon exploration. Une autre porte, un autre long corridor. Sur un mur sans fin, des graffiti: femmes nues dessinées au crayon feutre, pénis gravés dans le plâtre, poèmes scatologiques à l'encre de Chine, cœurs transpercés de flèches, initiales, prénoms archaïques, dessins surréalistes, têtes de directeurs sur pattes d'araignées, instruments de supplice pour préfets de discipline. La continuité des thèmes et le réalisme de certains dessins étaient remarquables. Spontanément, j'accordais des notes très élevées, ce qui n'était pas mon habitude.

Ensuite, une galerie de portraits. Les directeurs de l'école portaient de longues barbes quand on les photographiait sur des plaques de bronze, de fines moustaches sur les photos en noir et blanc, les cheveux rasés sur les premières épreuves couleur, mais toujours les lèvres serrées, la poitrine bombée, les yeux fixés sur l'objectif, comme s'ils voulaient impressionner, au-delà de la pellicule, le photographe lui-même.

Au bout du corridor, une porte cadenassée. Les chaînes étaient rouillées, je n'ai eu aucun mal à ouvrir. De l'autre côté s'ouvrait un souterrain. Une si vieille école ne pouvait pas ne pas avoir de souterrain creusé à grands coups d'imaginaire par des générations d'élèves, un grand souterrain comme une galerie de mine, où circulaient des wagons chargés de rêves, jusqu'à l'école des filles, de l'autre côté de la rue.

À quoi peuvent servir de si beaux murs de pierre si on en bouche toutes les fissures? À quoi bon tous ces souterrains si personne n'y a jamais accès? Pourquoi chanter les louanges de l'autorité et ne rien dire de ses corollaires? Les pauvres élèves ne connaissaient de l'huître que sa coquille, de la discipline que ses aspects les plus bêtes. Au moins les religieuses du moyen-âge, qui utilisaient la discipline à d'autres fins, en retiraient-elles quelques frissons.

9

Aussitôt rentré à la maison, j'ai déposé ma serviette et je me suis dirigé vers la petite chambre, dont nous venions de terminer l'aménagement. J'ai regardé le papier-peint aux couleurs d'arc-en-ciel et de nuages, la table à langer, les couches, les biberons, la poudre, le petit lit blanc, j'ai fait tourner le mobile musical installé à cinquante-cinq centimètres de l'oreiller, j'ai touché les draps, qu'on avait fait tremper toute une heure dans l'eau de javel et qu'on avait ensuite rincés dans une solution assouplissante, j'ai vérifié la résistance des yeux des toutous, lu la petite étiquette sur laquelle on avait spécifié qu'il était rembourré de matières non recyclées et garanties non allergènes, j'ai approché une chaise du petit lit vide, et je lui ai raconté une histoire.

Il était une fois quelque chose qui n'existait pas, une ombre d'énergie, un petit morceau d'éternité. Un jour que la petite chose se promenait dans l'espace elle aperçut, au-dessus d'une planète, un fluide bleuté qui tournait en rond, formant un entonnoir. Poussée par une irrésistible curiosité, elle décida de profiter d'une rupture dans le continuum spatio-temporel pour se rapprocher du cœur de la tornade bleue et y jeter un coup d'œil: au cœur de la tornade, elle vit une petite automobile aux vitres couvertes de buée, stationnée dans une cour d'école. Comme elle avait un peu froid et qu'elle était fatiguée de son long voyage, elle décida d'y entrer. Elle chercha quelques instants une petite niche bien chaude, et s'y endormit. Lorsqu'elle se réveilla, le fluide bleuté avait disparu et il régnait une telle obscurité au sein de sa niche qu'il lui était impossible de déceler la moindre issue, la moindre fissure. Elle eut beau donner des coups de pied, rien ne bougeait. Prise au piège, elle décida de se replier sur elle-même et de se multiplier par deux, par dix, par mille, jusqu'à ce qu'elle soit assez forte pour sortir par ses propres moyens.

Et qu'est-ce que tu seras, toi, petit morceau d'énergie? Une preuve de mon existence, un gage de ma virilité que j'exposerai comme un trophée, le paiement de ma dette envers l'humanité, un agneau offert en sacrifice aux dieux de la guerre, une deuxième chance pour mes rêves brisés, une vérité incontestable et rassurante, un pied de nez à l'horrible vieille dame qui n'en finit plus d'affiler sa faux: aucune de ces réponses, toutes ces réponses sont valables.

Et moi, est-ce que je serai obligé d'être un dictateur à mon tour? Est-ce que je vais te fermer toutes les portes pour te laisser le plaisir de les ouvrir, ou bien est-ce que je vais te laisser le chemin libre, te dire tiens, regarde, il n'y a rien derrière ces portes pourries, rien d'autre que l'ennui?

Ou bien encore laisser agir Hélène, qui semble n'avoir aucun doute sur les vertus de l'autorité, et me réserver le beau rôle d'entrouvrir discrètement les fenêtres, d'attirer ton regard vers la danse des poussières?

Si seulement je pouvais t'emmener chez Victoria. En respirant profondément, me reviendraient les odeurs de poisson, de vieux tabac et d'humidité qui monteraient de la cave. Le vieux dictateur serait assis à son bureau, et j'entendrais sa plume jusque dans ma chambre. Il serait tout petit, rabougri, les yeux pochés, son cou plissé sous son col trop empesé, ses mains n'auraient pas changé, ses paumes seraient encore tachées d'encre rouge, ses doigts noueux, ses ongles jaunis par la nicotine. Devant lui, son vieux pupitre rempli de papiers, son vieux pupitre sur lequel il a préparé tant d'exercices et corrigé tant d'examens que le bois serait encore creusé au milieu, comme les marches d'une vieille école. Je lui dirais tiens, c'est pour toi, je suis venu rembourser mes dettes. Mais il ne dirait rien. Il y a si longtemps qu'il ne dit plus rien.

10

Depuis qu'il faisait partie des grands, Louis était admis de plein droit aux conférences de Neill. Il n'intervenait jamais, ne posait jamais de questions, mais écoutait attentivement en remplissant de notes ses calepins noirs.

— Certains parents préféreraient voir leurs enfants commettre un crime que se masturber. Je pense personnellement que la masturbation refoulée est fréquemment à la source de la délinquance. Lorsque le sentiment de culpabilité est aboli, l'enfant est moins intéressé par la masturbation.

Louis notait fébrilement: inviter Neill dans ma chambre, vers onze heures... Stupide Neill.

— À Summerhill, nous laissons les enfants absolument libres d'agir à leur guise, et l'expérience nous montre que la liberté donne presque toujours des enfants sains. Je dis presque toujours, parce qu'il arrive que certains d'entre eux nous arrivent avec tant de refoulements que leur guérison tarde... Quand ils n'ont pas été éduqués sainement dans leurs cinq premières années, ou quand leurs parents refusent de collaborer, nous ne pouvons pas grand-chose, hélas.

La nuit, dans sa chambre, Louis observait ses

petits camarades qui s'en donnaient à cœur joie. Quand ce fut son tour de voir son drap se transformer en tente, il révisait ses tables de multiplications et s'endormait. Le lendemain, dès neuf heures, il était assis à son bureau, les bras croisés, et attendait le début de son cours de géographie. Tous ses professeurs étaient d'accord: il était irrécupérable.

Le mardi soir, après la conférence, Guillaume se retrouvait dans la chambre de Neill, et ils discutaient jusque tard dans la nuit, vidant bouteilles par-dessus bouteilles. Les échanges étaient souvent rudes. Guillaume s'entêtait, fonçait, démolissait les arguments de Neill les uns après les autres, c'était de la vérité qu'il voulait, pas de l'épanouissement crémeux, pas du sirop de bonheur. Neill ne pouvait pas supporter la polémique, qu'il considérait comme un échec des relations interpersonnelles (patati, aurait noté Louis). Pour que nul ne soit témoin de cet échec, il fermait la porte à double tour, mais les mots s'échauffaient et montaient vite jusqu'au plafond, ils se faufilaient entre les planches jusqu'à la chambre de Louis, qui ne perdait pas une réplique.

— J'en ai jusque-là de vos théories, c'est vous qui brimez les enfants: dès qu'ils veulent apprendre, vous les traitez d'irrécupérables. Mon fils aime la grammaire, il est libre, non? Pourquoi la danse, la peinture, la poterie et pas la grammaire?

— Vous êtes comme votre fils: vous avez appris à savoir, mais vous ne savez pas ressentir.

— Je ne sais pas ressentir? Et si je vous disais ce que je ressens, maintenant, là? Et si je vous disais que vous êtes un fumiste? Et si je vous disais qu'on n'a qu'à vous regarder téter votre pipe pour savoir que vous êtes un vieux frustré? Et si je vous disais ce que les enfants racontent, quand ils reviennent de vos «leçons particulières»?

Les mots partaient en rafales, les murs tremblaient, et en haut, dans la chambre, les camarades de Louis se branlaient moins vite. Une à une, les tentes se dématâient.

Encore à moitié ivre, Guillaume était allé réveiller Évelyne. Ils avaient préparé leurs valises, étaient allés chercher Louis, et avaient quitté Summerhill au milieu de la nuit. Longtemps, les enfants, aux fenêtres, ont entendu les injures de Guillaume. Louis s'était retourné pour regarder une dernière fois l'école. Il avait gagné, mais il était tout de même un peu triste: adieu Neill, adieu Esther, la vieille cuisinière, j'aimais bien tes confitures, adieu briques rouges, adieu école sans livres. Peut-être aurait-il réussi, avec un peu de temps, à mettre de l'ordre dans le bordel.

— Qu'est-ce que nous allons faire, maintenant? avait demandé Évelyne.

— Fonder une école, une vraie!

11

«L'instituteur, ce n'est pas Protée, ni Prométhée, ni Sisyphe. L'instituteur, c'est Atlas, condamné à porter sur ses épaules les siècles de la pensée humaine, c'est Hercule détournant une rivière pour nettoyer les écuries de l'erreur, c'est Héraclès tranchant les têtes de l'Hydre, à commencer par celle de Jean-Jacques Rousseau, le premier des charlatans en matière de pédagogie, jusqu'à celle de Neill, le prototype le plus achevé, le plus incohérent, le plus dangereux, le plus perfide.»

Guillaume posa sa plume, se relut, et déchira la feuille. Il n'y croyait plus. Les coudes sur la table, la tête dans les mains, il entendait les pas du surveillant, là-haut, dans le dortoir des grands, le pendule qui grinçait dans la vieille horloge, et le bruit sec de ses rêves qui se brisaient.

Par la fenêtre, à travers les branches dénudées du chêne, il regarda les bâtiments de Summerhill, le stationnement des visiteurs, les kiosques de souvenirs, la lumière allumée dans le bureau de Neill. Il se tourna vers son lit. Évelyne s'était couchée tellement fatiguée qu'elle s'était endormie sans éteindre la lampe de chevet. Ses cheveux étaient gris, et des rides creusaient son front.

Ils avaient tout fait de leurs mains, englouti leurs économies, épuisé leurs énergies. En cinq ans, ils avaient réussi à bâtir l'école de leurs rêves, la plus sévère, la plus exigeante de toutes les écoles du royaume. Sur la liste d'attente, des enfants de ministres, des héritiers de grandes fortunes, de futures têtes couronnées.

La veille encore, l'épicier du village lui avait confirmé que Neill avait des difficultés à payer ses dettes, qu'il n'arrivait plus à recruter en Angleterre, que presque tous ses élèves étaient des enfants d'Américains, ces obsédés du bonheur.

La victoire de Guillaume avait beau être totale, elle laissait un arrière-goût amer: son meilleur élève, son successeur naturel, son fils, celui pour qui il avait fondé cette école, venait de le quitter. Vous leur donnez votre vie, et ils vous répondent avec mépris qu'ils n'en veulent pas. Vous restez là, tout seul avec votre plateau d'argent et une forte envie de donner de grands coups de pied dans l'éternité.

Guillaume se dirigea vers la salle de classe. Il regarda une dernière fois le tableau noir, la carte de l'empire romain qui couvrait tout un mur, et le plancher si bien ciré qu'on pouvait détecter les gommes à mâcher collées sous les pupitres. Avant de quitter la classe, il monta sur l'estrade et déposa une punaise sur la chaise du professeur.

Il se rendit ensuite à la réserve. Il sortit le squelette du placard et le pendit au plafond avec sa cravate, libéra les souris blanches et les grenouilles, brisa systématiquement les règles, les mines des crayons et les moules de plâtre, jeta aux poubelles les feuilles de papier et les bouteilles d'encre de Chine, les médailles de bronze et les feuilles de laurier, les entonnoirs et les aiguisoirs, puis il ferma la porte et lança la clé par la fenêtre.

Partir d'ici? Retourner chez nous? Évelyne, étonnée, regarda son vieux mari, qui lui sembla si détendu, soulagé, heureux, qu'elle accepta sur-le-champ. Ils firent leurs valises en vitesse, s'engouffrèrent dans leur voiture, Guillaume démarra en trombe, ralentit un peu en passant devant les bâtiments de Summerhill, le temps de faire un bras d'honneur à Neill, et ils disparurent dans un nuage de poussière.

Sur la route, glaces baissées, ils chantèrent à tuetête de vieilles chansons françaises.

12

Louis avait à peine vingt-cinq ans, et il était invité à tous les colloques. Les spectateurs devaient être bien étonnés d'entendre un homme si jeune défendre des valeurs en apparence si vieilles. Quand on avait comme lui le goût de la provocation, quand on cultivait les formules choc et qu'on était habité par une haine viscérale pour les idées de Neill, on était vite étiqueté comme ancien, ce qui est bien la pire insulte que l'on puisse faire à quelqu'un qui prétend avoir des idées.

Les modernes aimaient tellement le haïr que toute discussion était impossible. Les anciens, qui sentaient déjà leurs positions minées, fuyaient les affrontements; occupés à conserver quelques parcelles de pouvoir, ils louvoyaient, multipliaient les compromis. En privé, on le félicitait pour son courage, mais en public, on le fuyait comme la peste.

Fatigué, démoralisé, Louis continuait pourtant à accepter les invitations: il avait remarqué une jeune femme, très jolie, toujours assise aux premiers rangs, qui l'écoutait avec attention, en prenant des notes. Il leur arrivait souvent, après ses conférences, d'aller boire un café dans un petit restaurant anonyme. Devant cet auditoire réduit à sa plus simple expression,

Louis gagnait en qualité ce qu'il perdait en quantité et reprenait courage. Sa compagne ne disait rien. Seulement, elle le regardait parfois droit dans les yeux d'une manière telle qu'il en était troublé. Mais Louis ne savait que parler, et parler encore, et les paroles se mêlaient à la fumée de cigarette et s'envolaient, loin, très loin au-dessus de la table, des tasses vides, du cendrier rempli, et des mains qui se touchaient quelquefois, comme par accident.

Ce soir-là, ils étaient restés au restaurant jusqu'à la fermeture. Le temps était doux, ils avaient marché jusqu'à un banc public. Profitant d'un des rares moments de silence de son compagnon, elle lui avait demandé pourquoi, à son avis, les pédagogues réussissaient toujours si mal avec leurs propres enfants. Louis, qui ne s'était jamais posé la question, n'avait pu trouver de réponse.

* * *

— Je voudrais acheter une grande maison isolée et sinistre, avec le moins de fenêtres possible pour que l'intérieur soit toujours très sombre, mais tout de même assez grandes pour rêvasser en regardant les nids d'oiseaux dans les branches d'arbres, et une cave très humide, pour l'odeur.

Quand l'agent immobilier lui proposait des maisons de banlieue, Louis ne les trouvait pas suffisamment isolées, et quand il lui montrait ensuite des maisons de ferme, il répondait qu'il n'avait pas besoin de tant de terrain défriché et encore moins d'équipement aratoire pour élever un seul pauvre petit cobaye. Désespérant de l'aider à trouver une maison de banlieue sans banlieue ou une maison de ferme sans ferme, l'agent déposait un lourd registre sur son bureau et lui disait de se débrouiller. Louis passait la soirée à s'user les yeux sur des petites fiches mal photocopiées, en pure perte. Pourquoi les gens insistaient-ils tant sur des choses aussi inutiles que les dimensions des chambres à coucher, le nombre de salles de bains et le solde de l'hypothèque? Pourquoi présentaient-ils comme un atout la proximité des écoles et des églises?

Chaque jour, il lisait les petites annonces des journaux, prenait des notes, téléphonait, et passait ses grands dimanches à visiter des maisons trop neuves et trop éclairées. Quand il rentrait dans son minuscule appartement, fatigué, découragé, ma mère le pressait de se décider: elle était enceinte de trois mois, il faudrait aménager, peut-être même faire des rénovations, boucher quelques fenêtres...

Bravement, Louis reprenait sa quête. D'agences immobilières en agences immobilières, de petites annonces en visites inutiles, il s'entêtait, se refusant à restreindre ses exigences.

Le ventre de ma mère était presque arrivé à sa phase de pleine lune quand, finalement, ils reçurent un appel.

—Je pense avoir trouvé ce qu'il vous faut: c'est une ancienne école protestante, près de la frontière. Jusqu'à tout récemment, elle était habitée par un vieux pasteur. Il vient de mourir, et ses enfants veulent vendre. C'est plein de tourelles, la cave est humide, et le village le plus proche est à quatre kilomètres, j'ai tout de suite pensé à vous. Mais il y aura des travaux, j'aime autant vous prévenir.

Ils ont sauté dans leur voiture, traversé à toute vitesse un immense pont métallique, et deux heures plus tard ils s'engageaient dans l'allée de gravier qui les conduirait à la maison de leurs rêves. L'agent parlait de toiture à refaire et de chauffe-eau défectueux, mais Louis n'entendait rien: il descendait à toute vitesse à la cave pour humer un grand coup, montait au grenier, redescendait encore à la cave pour tester les craquements de l'escalier, comptait le nombre de branches qu'on pouvait apercevoir de la fenêtre de la salle à manger, sortait, faisait le tour de la maison en courant, rentrait, inspectait les chambres... La tôle du capot n'avait pas encore fini de crépiter qu'ils avaient signé une promesse d'achat.

Sur le chemin du retour, Louis conduisait beaucoup plus lentement.

— Le seul problème, c'est que la nature est beaucoup trop sauvage. Il faudrait clôturer, semer du gazon, c'est très formateur, le gazon. Mais la salle à manger est magnifique: assis, il ne verra que la cime des arbres, on ne pouvait pas demander mieux. J'installerai mon bureau au rez-de-chaussée, le tien serait à l'étage... Qu'est-ce que tu en penses?

— Tu as raison. Peut-être serait-il temps de prévenir tes parents? Je sais que tu as beaucoup à leur reprocher, et je n'ai rien dit quand tu as refusé de les inviter à notre mariage. Mais nous aurons bientôt une maison, un enfant...

— La cuisine est assez grande pour que nous puissions y prendre tous les repas. La salle à manger sera réservée aux études. Je pourrai facilement le surveiller du bureau.

— C'est comme tu veux. Mais tes parents?

— As-tu remarqué les craquements de l'escalier? Dans les chambres, c'est encore pire. Une pure merveille. Nous avons bien fait d'attendre.

13

Dans les articles que mon père allait me consacrer, il était souvent question de discipline, de travail, de gymnastique des cellules grises, mais jamais des effets pervers des études, que j'avais si bien appris à cultiver. Quand j'étudiais les subjonctifs, par exemple, je m'amusais à remplir à toute vitesse l'interminable questionnaire qu'il m'avait préparé. J'étais tellement concentré que j'en devenais comme engourdi, si bien qu'au bout de quelques heures les verbes se mettaient à danser. J'arrêtais alors d'écrire, et je regardais autour de moi: dans le bureau, j'apercevais le dos de mon père, encore occupé à griffonner quelque nouvel exercice. Au-dessus de lui, un nuage de fumée de cigarettes, dont les volutes traçaient de jolis sentiers sinueux qui me conduisaient jusqu'à la fenêtre, où j'observais longtemps la danse des poussières dans les rayons du soleil; ensuite, je laissais aller mon regard vers l'extérieur, et je regardais les feuilles des arbres pousser lentement, les minuscules nuages qui n'étaient pas pressés de traverser le ciel...

À midi, quand je sortais prendre l'air après le repas, j'essayais quelquefois de regarder les feuilles des arbres et les nuages dans l'espoir de retrouver mon état de béatitude, mais j'étais toujours déçu: les feuilles étaient bêtement vertes, les nuages immobiles, la magie était partie. Pour goûter mes petits instants de pensées floconneuses, il me fallait absolument les enrober d'une bonne dose d'interdit. Je trouvais mon plaisir dans la transgression, et mon père semblait avoir consacré sa vie à m'en fournir des occasions.

En rentrant, je me plongeais dans les *Catilinaires* jusqu'à ce que je retrouve les conditions propices à mon décollage. Je m'arrêtais alors en plein milieu d'une phrase et je prêtais l'oreille aux grincements de la plume de mon père, puis au vent dans les arbres, aux craquements des branches, aux piaillements des oiseaux... Mon père venait quelquefois me rappeler à l'ordre, mais je préférais rentrer à l'aéroport et poser mon appareil en douce tout juste avant qu'il ne s'aperçoive de mon départ: mon plaisir était toujours plus vif quand je n'avais pas de témoin.

Le souvenir, l'espoir, la prétention, l'euphonie... À quoi les parents pensent-ils quand ils choisissent le prénom de leur enfant? Pourquoi mon père m'avait-il appelé Jacques? Toute sa vie, il m'avait construit des moyen-âges dans le seul espoir de me voir inventer des jacqueries.

Il a eu tort de passer sa vie à publier des articles et des essais que ses adversaires n'ont jamais su lire. Un roman, c'est tellement plus insidieux.

QUATRIÈME PARTIE

1

Il n'y avait pourtant pas si longtemps que j'avais quitté l'université, et déjà tout me semblait bizarre, à la fois pareil et différent, comme lorsqu'on rentre chez soi après un long voyage. Les affiches avaient été enlevées, les murs repeints, et plus personne ne vendait de petits journaux. Les étudiants étaient très jeunes, leurs vêtements étaient soignés, et leurs cheveux plus courts et mieux coiffés. Dans les toilettes, quelques-uns d'entre eux passaient de longs moments à regarder dans la glace les subtiles vagues que venaient modeler d'incessants coups de peigne. Quant aux étudiantes, elles portaient des jupes et des blouses bien repassées, leurs coiffures étaient savantes, leur visage maquillé. À la cafétéria, toujours bondée, les effluves d'herbes et de verres de mousse brûlés avaient disparu, et on mangeait distraitement en lisant des livres ou en mettant la dernière main à un travail. Dans les salles de classe, les professeurs utilisaient des craies, et les étudiants prenaient des notes.

Le bureau du doyen avait aussi été repeint, l'affiche représentant un couple d'adolescents enlacés avait été remplacée par un paysage d'hiver. Sur son immense pupitre, il tenait une exposition des signes de son efficacité: sous-main, combiné téléphonique à numéros multiples, écran d'ordinateur, porte-plume en marbre, et surtout une petite boîte de plastique rouge et noir avec laquelle il semblait beaucoup s'amuser: dès qu'il en retirait un trombone, un autre venait prendre sa place sur l'aimant troué qui servait de couvercle.

— Tu as bien fait de venir me voir, me dit-il en retirant un cinquième trombone, je pense avoir quelque chose qui pourrait t'intéresser. Il s'agit d'une école secondaire de banlieue, une école publique tout à fait banale. C'est un peu loin de chez toi, il te faudra voyager, mais ce n'est pas si terrible.

— Pourquoi cette école-là plutôt qu'une autre?

— Il y a quelques années déjà, j'avais constaté que les résultats des élèves étaient remarquables, particulièrement en français écrit. La chose était d'autant plus curieuse que les programmes étaient exactement les mêmes que partout ailleurs. Tout ce que j'ai réussi à apprendre en fouillant dans les statistiques, c'est que l'âge moyen des professeurs était très élevé, et le taux d'absentéisme très faible.

— C'est un quartier riche?

— Un peu au-dessus de la moyenne, mais à peine. Ce sont des gens qui ont beaucoup travaillé et qui ont tout mis dans leur maison: policiers, pompiers, fonctionnaires, petits commerçants, ouvriers spécialisés...

— Des professeurs?

— Aucun. Mais laisse-moi finir. L'école avait été construite à une époque où on faisait encore des enfants. Quelques années plus tard, elle était devenue beaucoup trop grande pour les besoins du milieu. Quand le ministère a décidé de la fermer, il y a eu tant de protestations qu'il a été obligé de céder.

— Réaction normale: les parents n'aiment pas que leurs enfants passent des heures en autobus alors qu'ils ont tout ce dont ils ont besoin à deux coins de rue.

— Tu n'y es pas: les parents n'avaient rien contre le changement d'école. Celle qu'on leur proposait n'était pas si éloignée, et elle était beaucoup plus moderne: piscine, gymnase, bibliothèque, psychologue en permanence... Non, ce sont les élèves qui ont manifesté. Ils ont occupé les locaux jusqu'à ce qu'on se rende à leurs revendications. Non seulement ils exigeaient que leur école reste ouverte, mais ils voulaient encore qu'on transforme les locaux inutiles en dortoirs: ils réclamaient le droit d'être pensionnaires.

— Pensionnaires? Dans une école publique, tout près de chez eux?

— À ma connaissance, il s'agit du seul cas connu de pensionnat volontaire et public. Il y a bien longtemps qu'on y a engagé du personnel, mais comme tu connais bien la directrice...

* * *

J'ai roulé pendant une éternité sur un boulevard interminable qui avait dû faire la fortune des fabricants de lampadaires et de feux de circulation. De chaque côté, des magasins et des restaurants aux affiches criardes, des centres commerciaux, des stations-services. À l'extrémité du boulevard, quelques rues résidentielles bordées de bungalows qui étaient tous nés la même année, mais qui avaient perdu leur air de famille à force d'émulation. Le quartier était si tranquille qu'il en était devenu sinistre: deux semaines avant la rentrée des classes, on n'y voyait aucun enfant. Maintenant que les arbres avaient enfin atteint leur maturité, ils étaient partis habiter de petits appartements en ville, de petits cubes de béton empilés les uns sur les autres, dans lesquels ils faisaient semblant de ne pas s'ennuyer.

À force d'errer dans ces rues toutes semblables, j'ai finalement trouvé l'école, une bâtisse bêtement carrée, aux murs de ciment parfaitement lisses. Peut-être découvrira-t-on un jour que les architectes de cette époque avaient été atteints d'un virus qui s'était attaqué à leur imagination, ou encore qu'un gouvernement mal avisé avait décidé de taxer les fenêtres.

La clôture grillagée, la cour asphaltée, le stationnement, rien n'avait changé depuis que j'y étais venu, une dizaine d'années plus tôt. J'ai regardé longtemps la triste bâtisse, j'ai pensé à ma mère qui y avait passé presque toute sa vie pendant que j'étudiais chez Victoria, qui avait voyagé soir et matin pour un maigre salaire, et j'ai eu un peu honte de moi, honte de ma démarche. J'ai failli rebrousser chemin, mais j'étais tellement curieux de voir l'intérieur que je me suis résigné à entrer. Bien m'en prit: en ouvrant la porte, des odeurs me sont venues qui m'ont réconcilié avec l'enseignement, de bonnes odeurs de cire et de craie, mêlées d'un brin d'humidité.

Ma mère m'a reçu immédiatement. Elle portait un horrible costume très sombre, et le col de sa blouse était attaché si serré que les rides de son cou faisaient comme un éventail. Elle était encore pleine d'énergie, ses yeux pétillaient, mais elle aurait eu du mal à se rajeunir de vingt ans comme elle le faisait si bien, les vendredis soir, quand mon père nous préparait fébrilement ses repas de fêtes.

— C'est le doyen qui t'envoie? Il a toujours eu du nez, celui-là. Si tu étais venu la semaine dernière, je t'aurais dit que nous n'avons pas engagé de professeur depuis dix ans, et que nous n'utilisons même pas notre liste de suppléants. Mais il y a une heure à peine, j'ai reçu un appel de l'épouse de monsieur Corbeil, qui enseigne la biologie et les mathématiques. Son mari souffre d'une inflammation des cordes vocales. Les médecins pensent qu'il devra s'absenter pour au moins un mois. La coïncidence est surprenante. Tes cordes vocales se portent bien?

— Parfaitement bien.

— Tu n'as rien contre la biologie ni contre les mathématiques?

— Strictement rien.

— C'est parfait, je t'engage. Les cours commencent dans deux semaines, tu auras donc amplement le temps de lire les premiers chapitres des manuels qui nous sont imposés. Tu enseigneras à trois classes de garçons qui en sont à leur dernière année, ils ne te feront pas de problèmes. Voici une liste des règlements de l'école dont tu leur feras la lecture au premier cours, une clé pour ton casier, et quelques formulaires que tu rempliras quand tu auras le temps. Je compte sur toi?

— Bien sûr. Mais peux-tu me dire pourquoi je

n'enseigne qu'à des garçons?

— À la demande des élèves, il n'y a pas de classe mixte dans notre école. Il en est de même pour les dortoirs, évidemment, mais aussi pour la cafétéria. Les garçons mangent à midi, les filles à une heure.

— Ils ne se voient jamais?

— Il peut arriver qu'ils se croisent dans les corridors. Pour le reste, tu verras par toi-même, il suffit d'être attentif. Une dernière chose: tu ne dis pas un mot de ce que tu vois ici au doyen. Je n'ai pas envie de voir arriver des autobus de visiteurs. Compris? Maintenant tu m'excuseras, j'ai autre chose à faire. Si tu as des questions, n'hésite pas à venir me voir.

2

J'avais passé une très mauvaise nuit et en entrant dans la classe, quand j'ai aperçu les trente-trois têtes bien droites qui m'examinaient de pied en cap, mon cœur s'est mis à cogner si fort contre mes côtes que j'ai dû faire l'appel beaucoup plus lentement que je ne l'aurais voulu. Ensuite, comme me l'avait demandé madame la directrice, j'ai fait la lecture de l'interminable liste des règlements: «Il est interdit de mâcher de la gomme ou de fumer des cigarettes, de faire du bruit dans les corridors, de parler d'argent, de tutoyer les membres du personnel, de lire, faire lire ou faire le commerce de bandes dessinées, d'utiliser un langage grossier...» Trois pleines pages de règlements, rédigés en tout petits caractères. De temps à autre, je levais les yeux pour guetter les réactions de mes élèves, mais ils étaient de marbre. Les bras croisés sur leur pupitre, ils m'écoutaient dans un silence religieux. Plus ma lecture avançait, plus c'était moi, et non eux, qui étais terrorisé.

«Les élèves coupables de s'être livrés à des jeux de hasard, de la sollicitation, des paris ou du plagiat sont susceptibles d'être renvoyés de l'école sans préavis. Dans les dortoirs, le silence est de rigueur à partir de dix heures. Ceux qui ne respecteront pas le couvre-feu ou qui seront dissipés perdront à jamais le privilège d'y dormir...»

Il m'en restait encore une pleine page, je n'en pouvais plus.

— Écoutez, vous devez connaître ces règlements beaucoup mieux que moi, je ne vois donc pas l'utilité de poursuivre cette lecture. Qu'est-ce que vous diriez de commencer immédiatement la matière?

Il y eut un long silence. Finalement, un élève du fond de la classe, qui m'avait tout l'air d'un matou, a levé la main.

— Si vous nous demandez notre avis, monsieur, nous préférerions que vous poursuiviez votre lecture.

— Vous ne connaissez pas les règlements?

— Nous les connaissons par cœur, mais nous aimons bien qu'on nous les répète.

— Est-ce que votre ami a traduit un sentiment général?

Tous, sans exception, ont hoché la tête. Je me suis donc incliné. «À la cafétéria, les élèves mangeront en silence, rapporteront leur plateau à la cuisine, et se dirigeront ensuite vers la bibliothèque...»

Quand la liste fut enfin épuisée, j'ai commencé à leur enseigner la biologie. J'écrivais des définitions au tableau, ils prenaient des notes consciencieusement, sans jamais poser de questions. Intrigué par leur attitude, j'ai essayé d'alléger l'atmosphère en mêlant un brin d'humour à mes explications. Mal m'en prit: dès ma première tentative, assez laborieuse il est vrai, ils ont posé leur crayon sur leur pupitre et m'ont regardé comme si j'étais le dernier des imbéciles. J'ai repris ma craie, eux leur crayon, et nous avons continué comme si de rien n'était. Jamais deux heures de cours ne m'avaient paru si longues, jamais un groupe d'élèves ne m'avait fait si peur.

À la cafétéria, je me suis installé à la table réservée aux professeurs, sur l'estrade qui dominait la salle, et madame la directrice s'est chargée de faire les présentations: monsieur Soumis enseigne le français, monsieur Guénette les mathématiques, monsieur Dionne l'histoire... J'avais l'impression qu'on m'avait amené par erreur à une réunion d'un comité restreint du soviet suprême: ceux qui n'étaient pas chauves étaient chenus, quelques-uns étaient si durs d'oreille que j'ai dû leur crier mon nom, d'autres encore étaient bigles, et tous étaient vêtus de vieux complets élimés qui semblaient sortir tout droit d'un comptoir de l'Armée du Salut. Aussitôt la tournée de poignées de mains terminée, une dame un peu forte s'est approchée de moi et m'a servi avec une louche une portion d'un innommable bouilli de légumes. Mes collègues mangeaient en silence et visiblement sans appétit, je les ai imités, de peine et de misère. De temps à autre, je regardais les élèves, tout aussi silencieux. Leurs fourchettes allaient régulièrement de leur assiette à leur bouche, mais sans jamais transporter de nourriture. Je me suis frotté les yeux et j'ai regardé encore, bien attentivement. Sauf exception, ils faisaient tous semblant de manger. À voix basse, je me suis adressé à mon voisin de droite.

— Les élèves mangent-ils toujours d'aussi bon appétit?

— Vous avez lu comme moi les règlements: ils

sont obligés de terminer leurs assiettes.

— C'est bizarre, je les observe depuis un moment, et j'ai l'impression qu'ils ne mangent pas.

— Rien ne vous oblige à les observer.

Bon. J'ai terminé mon bouilli en vitesse, et tout de suite après le dessert (une pomme et un petit morceau de fromage blanc), j'ai rapporté mon plateau à la cuisine. Sur le mur, j'ai jeté un coup d'œil à un tableau d'affichage, où était inscrit le menu de la semaine: il y aurait du poisson poché et des épinards le soir, du gruau le lendemain matin, une salade le midi, du foie et du brocoli le soir, et ainsi de suite. Pendant que les élèves quittaient leur place en silence pour se rendre à la bibliothèque, je me suis adressé à une employée qui était occupée à vider le contenu des assiettes dans de grands sacs verts.

— Est-ce que c'est comme ça chaque midi?

— Qu'est-ce que vous voulez dire?

— Les élèves qui ne mangent pas...

— Vous êtes nouveau ici?

— Oui, je viens d'être engagé pour remplacer monsieur Corbeil.

— Un bien brave homme, monsieur Corbeil. Il finit toujours ses assiettes, ne se plaint jamais, ne pose jamais de questions. Pensez-vous qu'il va nous revenir bientôt?

— Je ne sais pas.

— Si jamais vous avez des nouvelles, tenez-moi au courant. Bon après-midi, monsieur.

Je suis sorti de la cuisine au moment où les filles s'attablaient. Machinalement, j'ai jeté un coup d'œil sur l'estrade pour voir de quoi avaient l'air mes collègues féminines. Robes noires boutonnées jusqu'au col, cheveux grisonnants, lunettes d'écaille... L'âge n'expliquait pas tout, il y avait là une homogénéité recherchée.

L'après-midi, j'ai procédé avec mon deuxième groupe de la même façon que je l'avais fait le matin. Quand je leur ai proposé de sauter la lecture de la troisième page de règlements, ils se sont encore objectés poliment, mais avec fermeté. J'ai donné mes définitions platement, sans me risquer à les distraire, et ils ont semblé satisfaits de ma performance. Ou bien je ne comprenais rien, ou bien j'avais affaire à un public de fins connaisseurs.

3

Trois semaines après le début de la session, la routine s'était installée. J'arrivais toujours à l'école très tôt, et un seul coup d'œil au stationnement me permettait de savoir lequel de mes collègues avait été de garde aux dortoirs cette nuit-là. Jamais encore on ne m'avait demandé de m'acquitter de cette tâche, ce dont j'aurais été bien bête de me plaindre. J'ai tout de même tâté le terrain avec le professeur d'histoire, qui m'a répondu que je n'avais pas à m'en faire: seuls les professeurs permanents avaient ce privilège. Privilège? Non, il n'avait pas dit ce mot, j'avais dû mal entendre.

Un soir où je m'étais attardé au bureau pour faire des corrections, madame la directrice m'a proposé une visite guidée. Les garçons dormaient dans une grande salle mal éclairée, au sous-sol, et les filles au troisième étage. Pour aller d'un dortoir à l'autre, un élève mal intentionné aurait d'abord eu à déjouer le surveillant, ensuite à emprunter l'ascenseur qui était fermé à clé, traverser des corridors où toutes les portes étaient aussi fermées à clé et pour lesquelles il n'existait pas de passe-partout, déjouer la surveillante du dortoir des filles, et finalement, si d'aventure il arrivait jusque-là, s'exécuter devant tout le monde, sur un lit de fer particulièrement bruyant. Ne manquaient que des barbelés, des miradors et des bergers allemands. Au moment où nous revenions à mon bureau, je n'ai pu m'empêcher de réfléchir à voix haute.

— Et dire que ces grands adolescents pourraient tout bonnement rester chez eux, dans leurs grands bungalows, à écouter la télé en mangeant des bretzels et en buvant de la bière, inviter leur compagne pendant que leur père est parti travailler et que leur mère se fait bronzer sous les chauds rayons du docteur Müller...

— Ou bien pendant qu'elle consulte son avocat, oui. Et pourtant, les dortoirs sont toujours remplis.

—Je les comprends: ils doivent y faire des rêves magnifiques.

— En effet... Au fait, je voulais te dire que l'épouse de monsieur Corbeil m'a téléphoné. Il semble qu'il y ait des complications, et qu'il doive prolonger son congé pour le reste de la session. Es-tu d'accord pour rester avec nous?

— Bien sûr.

— Bravo. J'ai l'impression que tu comprends vite.

4

En classe, je continuais tranquillement mes expériences. Un jour, pendant que mes élèves travaillaient en silence dans leurs cahiers, j'ai entendu des bruits feutrés qui provenaient de la cour. En m'approchant de la fenêtre, j'ai vu les filles, qui sortaient pour leur récréation. Elles parlaient doucement, deux par deux. Dès que je les ai entendues rire, j'ai doucement entrouvert la fenêtre.

— Pourriez-vous fermer la fenêtre, monsieur? Le bruit nous dérange.

La demande était venue du fond de la classe, une zone sacrée d'où, dans toutes les écoles de la terre, les lèche-culs sont toujours exclus. Est-ce que je devais revoir mes catégories, était-il possible que la classe entière ait été composée de lèche-culs, au mépris des lois statistiques? Peut-être avaient-ils été l'objet d'une sélection sévère? Mais non, je ne ressentais pas d'allergie en les regardant, ils me semblaient absolument normaux... Je me suis exécuté, à regret.

* * *

Si je n'avais toujours pas le droit de surveiller les dortoirs, le fait d'être dans les bonnes grâces de la directrice m'a tout de même valu une promotion: un midi, après le repas, on m'a demandé d'être de garde à la bibliothèque. Tous les élèves semblaient étudier sérieusement, mais j'ai remarqué qu'ils allaient à tour de rôle s'enfermer dans les toilettes, où ils restaient de longs moments. Quand j'ai voulu aller voir ce qui s'y passait, deux d'entre eux m'ont aussitôt bloqué le chemin.

— Il y a des toilettes réservées aux professeurs, monsieur. Ici, c'est pour les élèves.

— Je veux quand même y aller.

— C'est comme vous voulez, monsieur, mais vous devez savoir que les élèves n'aimeront pas votre attitude, madame la directrice non plus, d'ailleurs.

— Qu'est-ce que tu veux dire?

— Elle vous a demandé de surveiller la bibliothèque, c'est ce que vous faites, et tout le monde vous obéit. Mais personne ne vous a demandé de surveiller les toilettes.

S'il s'était vraiment produit quelque chose de répréhensible, les coupables avaient eu amplement le temps d'effacer toute trace de leurs méfaits. Mais d'un autre côté, est-ce que je pouvais m'incliner ainsi devant les menaces d'un élève? La cloche sonnant la reprise des cours est venue me tirer de mon embarras. Je me suis donc éloigné, mais en me promettant bien de percer ce mystère.

Dans l'après-midi, j'ai profité d'une pause entre deux cours pour aller chercher un livre à la bibliothèque. J'ai salué l'employée, et je me suis dirigé vers le rayon des livres de biologie. Quand j'ai été absolument certain que personne ne pouvait me voir, je suis entré en douce dans les toilettes des élèves. Dès que j'ai ouvert la porte, j'ai été saisi par des odeurs que j'ai mis du temps à identifier, tant elles étaient inhabituelles en ces lieux: du pain grillé, de la confiture, du café... Sur le sol, des miettes diverses et des cristaux de sucre crissaient sous mes pas. En poussant la porte de ce qui me semblait un placard, j'ai découvert une bouilloire, du café instantané, des pots de confitures et de beurre d'arachide, un grille-pain, et deux fers à vapeur dont la semelle était recouverte de fromage carbonisé.

Je me suis trop longtemps laissé influencer par les décors. Je découvrais, bien tard il est vrai, qu'on pouvait partout être chez Victoria, que ce n'était pas qu'une affaire de tourelles, de lucarnes et de souterrains.

Quand je suis retourné en classe, j'avais l'esprit trop embrouillé pour enseigner correctement. Sans un mot d'introduction, j'ai pris ma craie et j'ai entrepris d'expliquer à mes élèves silencieux le labyrinthe de l'oreille interne. Au milieu de mon exposé, j'ai entendu frapper à la porte. Ma mère m'attendait dans le corridor. Elle semblait très excitée, je l'étais tout autant.

— Un appel de l'hôpital... Le travail est commencé... Vas-y, je m'occupe de ta classe.

5

Quand je suis sorti de l'hôpital, j'aurais voulu crier aux passants que tu existais, que tu avais dix doigts dix orteils, que tu pesais sept livres et six onces, qu'on avait pris les empreintes de ton pied, plus petit que le pouce d'un criminel, que tu avais un bracelet de plastique autour du poignet, et que tu pleurais avec conviction. Mais les passants passaient, quelques-uns attachaient leurs lacets, d'autres glissaient des pièces de monnaie dans la fente d'un parcomètre, d'autres encore entraient dans un magasin pour acheter des chaussures; comment osaient-ils se livrer à des activités aussi banales, ne voyaient-ils pas que la terre venait de cesser de tourner?

J'aurais voulu engager un commando de mercenaires qui aurait occupé sur-le-champ tous les postes de radio et de télévision du pays pour annoncer que tu étais née, que ta mère se portait bien, que mon gouvernement provisoire décrétait l'amnistie générale, la fermeture de toutes les casernes et de toutes les écoles, des commerces et des banques, des édifices gouvernementaux et des aéroports, des routes et des autoroutes, j'aurais voulu acheter la première page de tous les quotidiens de la planète pour dire que tu étais là, qu'on pouvait facilement vérifier ton existence en consultant des dizaines de registres et de formulaires, mais que personne ne saura ton nom, que personne n'écrira ton histoire.

En rentrant chez moi, je suis allé tout droit dans ta petite chambre, j'ai vérifié les biberons de plastique, les provisions de couches de poudre et de savon, les épingles de nourrice et les coton-tiges, j'ai fait tourner le mobile musical, et un grand coup de fatigue m'est tombé dessus: combien de temps est-ce que je serais capable de résister à la tentation, moi qui m'étais promis de ne rien dire de toi et qui m'étais pourtant trahi à la première occasion en accordant bêtement un malheureux participe?

6

Une semaine avant la fin de la deuxième session, les élèves étaient occupés à terminer les exercices de révision, et j'étais assis à mon bureau à faire semblant de travailler. Je regardais parfois leur tête penchée, j'écoutais le crissement des mines de plomb, le frottement des gommes à effacer, les doigts qui balayaient nerveusement les rouleaux de caoutchouc noirci, et j'avais envie d'être ailleurs.

Quelques instants encore et j'allais me lever pour récupérer les copies. Je n'avais pas envie de bouger, je voulais seulement rester là, bien assis, à regarder par la fenêtre les feuilles qui s'étaient soudainement mises à pousser. Mes jambes étaient lourdes, mon cœur battait au ralenti, je me sentais engourdi, j'avais de la brume plein la tête, la lassitude me pénétrait de partout, comme lorsqu'on vient d'éteindre la lumière et que le sommeil est sur le point de gagner la guerre. À quoi bon récupérer les copies, pourquoi ne pas laisser la craie dans son nid de poussière, à quoi bon écrire au tableau les bonnes réponses?

Rien de pire que ces bouffées de vérité qui vous tombent dessus à l'approche de la fin de la session. Je me suis secoué, j'ai pris la craie, machinalement, et j'ai commencé à écrire non seulement les réponses, mais aussi le chemin, le seul chemin qui y mène: analyse, logique, concentration... Votre tête est un peu molle encore, mais à force de travail vous y arriverez, vous verrez que les pièges ne sont pas si difficiles à contourner quand vous les aurez posés vous-mêmes. Si un élève avait levé la main pour réclamer une explication supplémentaire, j'aurais trouvé instantanément la bonne réponse, la formule juste, l'exemple pertinent, je n'aurais eu qu'à appuyer sur le bouton du magnétophone et à m'écouter parler.

Une fois mes explications terminées, j'ai posé la craie, et j'ai laissé le silence s'étirer. J'aurais dû enchaîner immédiatement avec un autre exercice, une autre série d'exemples, mais je ne m'en sentais pas la force. Les élèves me semblaient inquiets. Sentaient-ils que j'en avais assez, que j'avais envie de laisser tomber mon masque? J'ai essuyé lentement la poussière blanche qui me collait aux doigts. À quoi bon leur confesser ce qu'ils savaient déjà si bien, à quoi bon leur dire que j'en avais assez de ce rôle immuable que des milliers de professeurs avaient joué avant moi?

Je me suis retourné vers le tableau, je leur ai inventé un autre exercice, ils ont penché leur tête sur leur cahier de notes, et ils m'ont semblé profondément soulagés. Tout rentrait dans l'ordre, le spectacle pouvait continuer.

* * *

Ma mère m'attendait à la sortie de la classe, un grand sourire accroché aux lèvres.

— Heureuse de voir que tu as bien passé l'épreuve. Veux-tu me suivre? Je vais te montrer quelque chose qui devrait t'intéresser.

Je l'ai suivie dans les corridors et les escaliers, qu'elle descendait à toute vitesse.

—Je t'observe depuis le début de l'année, et je dois dire que j'ai été agréablement surprise par ton attitude. Même au dernier cours, tu as résisté à la tentation de faire des confidences aux élèves, ce qui est tout à ton honneur. Il ne reste qu'une semaine avant la fin de l'année, le moment est venu de te montrer que tu n'as pas travaillé pour rien. Les élèves sont tous en cours, nous ne serons pas inquiétés.

Nous nous sommes bientôt retrouvés dans le dortoir des garçons, au sous-sol. Elle est entrée dans la petite chambre réservée au surveillant, et en est ressortie aussitôt avec une immense lampe de poche. Nous avons ensuite traversé les deux longues rangées de lits de fer, et nous nous sommes arrêtés devant une petite porte, à l'extrémité de la pièce.

— Nous y sommes. Donne-moi quelques instants pour examiner le cadre, ils ont l'habitude de coller un cheveu ou un morceau de ruban gommé, pour détecter les intrus... Le voilà.

Avec des précautions d'égyptologue, elle a enlevé un minuscule morceau de ruban gommé. Ensuite, elle a tourné doucement la poignée, m'a donné la lampe de poche, et m'a fait signe d'entrer.

— Attention à ce que tu fais, surtout, ne touche à rien.

J'ai balayé le faisceau de lumière jaune sur le plancher de ciment, qui était recouvert de papier journal et de morceaux de tapis, puis sur les murs, tapissés de boîtes d'œufs. J'ai avancé de quelques pas, et j'ai découvert un mobilier hétéroclite composé de vieilles lampes sur pied, de sièges d'automobiles, et de tables bricolées dans de vieux panneaux publicitaires. Des dizaines d'écouteurs avaient été branchés sur un poste de radio minuscule et l'avaient transformé en méduse électrique. Dans un coin, un téléviseur, muni lui aussi d'une dizaine d'écouteurs, trônait sur une vaste bibliothèque modulaire faite de vieilles caisses de bois et de carton. Dans les caisses, une formidable collection de bandes dessinées, des pots de confitures, des biscuits, des revues de courses automobiles et de sport...

— Alors, qu'est-ce que tu en penses?

— La même chose que toi, sans doute: jamais confitures n'auront été aussi bonnes, jamais bandes dessinées n'auront été aussi drôles, jamais ils n'auront eu autant de plaisir à écouter la radio et la télévision...

— Poursuis ta pensée: jamais les enfants de Summerhill n'auraient pu connaître un tel bonheur. Voilà, tu connais maintenant presque tout des principes éducatifs de notre école, il ne reste plus qu'une formalité à régler. La semaine prochaine, dès que les élèves seront retournés chez eux, nous organiserons une petite cérémonie de fin d'année. J'espère que tu seras des nôtres.

7

Depuis que les élèves étaient rentrés chez eux pour les vacances d'été, l'atmosphère de l'école avait bien changé. Dans le bureau où nous nous livrions à un dernier marathon de corrections, j'observais de temps à autre mes collègues, qui étaient d'excellente humeur. Ils avaient troqué leurs vieux complets défraîchis contre des tenues estivales, et me semblaient du coup avoir rajeuni d'une dizaine d'années. Chaque fois qu'ils avaient corrigé une pile d'examens, ils se levaient pour s'étirer et en profitaient pour s'échanger leurs meilleures perles, et même mes confrères réputés durs d'oreille riaient de bon cœur.

À la fin de l'après-midi, la directrice est venue nous annoncer que l'heure était venue. Nous avons aussitôt laissé nos corrections, et nous nous sommes dirigés vers une salle de classe, où nous attendaient les professeurs féminins. Ma mère m'a invité à m'asseoir au bureau du professeur, sur l'estrade. Tandis que mes confrères et consœurs s'assoyaient à la place des élèves, elle m'a tendu quelques feuilles jaunies, puis, sans aucun mot d'explication, elle est allée rejoindre les autres.

Les feuilles étaient couvertes de gros caractères

d'imprimerie, les lignes étaient bien espacées, et au-dessus de certains mots, à la fin de certaines phrases, on avait indiqué des pauses, des soupirs, des accents et des points d'orgue.

À la grâce de Dieu. Je me suis éclairci la gorge sept fois, pour les sept vies du chat qui y avait fait son lit, et, devant un public on ne peut plus attentif, j'ai entrepris la lecture de mes engagements.

— «Sur mon honneur, moi, aspirant professeur, conscient de n'être qu'un maillon de l'interminable chaîne de ma profession, je jure solennellement, devant mes pairs ici réunis, que je désire enseigner jusqu'à la fin de ma carrière les matières qu'on me demandera d'enseigner, sans jamais remettre en question leur utilité; je procéderai toujours de la même façon que l'ont fait avant moi mes prédécesseurs, en me méfiant des innovations comme de la peste, en favorisant toujours l'immuable au mépris de l'actualité.

«Je m'engage à préparer des examens, exercices et tests en ayant comme unique motivation la multiplication des difficultés et des pièges, à ne jamais substituer au travail d'écriture des dessins, coupures de journaux ou documents audio-visuels, et à ne jamais considérer les résultats de ces tests comme étant autre chose que la mesure de la docilité des élèves. Jamais je ne me permettrai de juger mes élèves sur la foi de ces résultats, mais jamais je n'en laisserai rien paraître.

«Je renonce à chercher à devenir leur ami ou leur confident, quelle que soit l'intensité de la tentation. Jamais je ne céderai aux moments de vérité qui vous assaillent à la fin de la session, et jamais je ne m'assoirai sur le bord du pupitre pour livrer mes états d'âme. Ni ami, ni confident, ni modèle, je multiplierai plutôt les interdits, les règlements arbitraires, les principes inutiles, ne laissant à mes élèves pour toute porte de sortie que la résistance et le rêve.»

Quelqu'un avait gentiment posé un verre d'eau sur mon bureau, et j'ai profité d'un point d'orgue pour m'hydrater l'esprit autant que la gorge. J'ai jeté un coup d'œil à l'assistance, et quand j'ai vu leurs regards émus, leurs grands sourires attendris, je me suis aussitôt replongé le nez dans mes feuilles.

— «Je m'engage à ne jamais saisir les lance-pierres et les tire-pois, à ne jamais fouiller dans les pupitres en présence des élèves, et à ne jamais me formaliser de trouver des caricatures dans les marges de leurs cahiers ou des graffiti me concernant dans les salles de toilettes. J'essaierai toujours au contraire de leur favoriser la tâche en exagérant mes défauts, en cultivant mes tics de langage, et en ne me laissant pousser la barbe ou la moustache que si mon visage n'est pas suffisamment ridicule par lui-même.

«En dehors des heures de classe, je limiterai au maximum mes sorties afin que mes élèves s'imaginent que ma vie privée est totalement dépourvue d'intérêt. Mes vêtements et mes paroles seront toujours sobres et sans imagination. En cas de rencontre fortuite, je garderai une attitude dominatrice et hautaine. Avec mes amis et mes connaissances, je m'engage à toujours commencer mes phrases par ‘notez bien’, à les ponctuer de petit a petit b petit c, et à corriger toutes leurs fautes de français. Quand je parlerai de mon travail, je me contenterai de généralités et de lamentations. On m'entendra régulièrement affirmer que je n'aimerais rien tant que de changer d'emploi, mais jamais je n'entreprendrai de démarches en ce sens. En agissant ainsi, je travaillerai toujours à ce qu'on me sente venir à vingt pas, et je ferai tranquillement le vide autour de moi.»

J'ai eu du mal à terminer ma lecture. Pendant que je lisais les dernières phrases, par lesquelles je m'engageais à ne pas dévoiler les termes de ce serment à qui que ce soit, mes collègues avaient commencé à applaudir, doucement d'abord, puis avec beaucoup d'animation. Au moment où je me suis aperçu qu'ils m'étaient vraiment destinés, les applaudissements se sont tus, et je n'avais pas su en profiter.

Aussitôt la cérémonie terminée, nous nous sommes dirigés vers une salle de réunion où nous attendaient des tables couvertes de bouteilles et de petits sandwichs. Chacun est venu me serrer la main avec émotion, et ensuite la fête a commencé. J'ai bien essayé de me tenir à l'écart pour mettre de l'ordre dans mes idées, mais j'étais encore étourdi par ce qui venait de se produire. Je me suis servi quelques apéritifs dans le vain espoir de stopper le tourbillon en le faisant tourner dans l'autre sens, puis j'ai abandonné la lutte et je me suis contenté de regarder ce qui se passait autour de moi.

Mes collègues semblaient très à l'aise avec les tourbillons. Ils ont mangé si vite qu'au bout de cinq à six bouteilles les vivres vin-vin-vinrent à manquer ohé ohé, les tables ont été poussées dans les coins de la salle, la musique s'est mise à sortir des murs, et ils ont commencé à danser.

Un peu plus tard, les colloques intimes se sont multipliés, et les jeux de mots canailles, les regards égrillards et les gestes un peu lestes amèneraient les couples de circonstance à se retirer discrètement de la salle. Ma mère allait d'un groupe à l'autre, remplissant les verres et échangeant des propos insignifiants, en parfaite hôtesse. Elle avait détaché ses cheveux, défait quelques boutons de son col, et je voyais apparaître dans ses yeux de curieuses étincelles, particulièrement lorsqu'elle s'adressait à monsieur Soumis. Je n'ai pas voulu en savoir davantage, et j'ai quitté les lieux sur la pointe des pieds, en me réjouissant à l'idée que mes vieux jours risquaient d'être moins tristes que je ne l'aurais cru.

Quand je suis rentré à la maison, vaguement saoul, Hélène et l'enfant dormaient. Je me suis installé dans le fauteuil du salon, j'ai savouré la chaleur du silence, et j'ai pensé longtemps à Neill.

8

Quelque chose avait changé dans l'atmosphère de Summerhill. Profitant de ce que le directeur s'était retiré dans ses appartements pour jouer du piano, les professeurs s'étaient réunis et, avec des airs de conspirateurs, s'étaient chuchoté des monstruosités: Derek, le professeur de chimie, avait juré avoir vu Neill lever la main sur un élève qui avait égaré un outil. Les veines de son front étaient gonflées, ses poings serrés, ses yeux lançaient des éclairs meurtriers... Si un autobus de visiteurs n'était pas arrivé au même moment, l'enfant aurait reçu le coup, il en était certain. Le même jour, Ulla avait vu Neill engueuler un groupe d'élèves qui avaient commis le crime de laisser des traces de boue sur le plancher de l'atelier de poterie: la prochaine fois, avait-il dit, ce sera une heure de piquet. Esther, la vieille cuisinière, avait été menacée de renvoi sous prétexte qu'elle avait reproché à Neill, à la blague, de ne pas manger ses croûtes. Et ses inexplicables colères dès qu'on contestait l'ordre du jour des assemblées générales, et l'acidité de ses remarques, son aigreur, la contraction inhabituelle de ses muscles abdominaux... Harry, le doyen des professeurs et le plus fidèle disciple de Neill, proposa d'aller sur-le-champ rencontrer le directeur. Il fallait vider l'abcès, le plus tôt serait le mieux.

— Une leçon particulière? Vous, Harry?

— Neill, il faut que je vous parle. Le personnel est inquiet: vos sautes d'humeur, votre façon de diriger les assemblées... Si vous comptez changer l'esprit de Summerhill, vous devriez nous en parler.

Neill s'était lancé dans une laborieuse explication, et au beau milieu d'une phrase sur le droit des éducateurs à leurs émotions, s'était interrompu pour allumer sa pipe. Son regard, habituellement si doux, était glacé.

— Regardez la fumée, Harry, elle est bleue!

— Elle est bleue, en effet. Et alors?

— Observez bien: la fumée qui sort de ma pipe est bleue, mais celle que j'expire est grise, le bleu a disparu.

— Je n'ai jamais fumé la pipe, mais il me semble que c'est une réaction chimique tout à fait normale.

— Non, ce n'est pas normal. Ne comprenez-vous pas que je suis corrompu?

— Qu'est-ce que vous voulez dire?

— Je dis exactement ce que je veux dire. Au fait, êtes-vous libre demain? J'aurais besoin qu'on m'accompagne à la gare. Je dois partir. Une conférence...

Le lendemain, une petite délégation accompagnait Neill à la gare. Ce n'est qu'après son départ qu'on s'aperçut que personne n'avait la moindre idée de sa destination, ni de la durée de son absence.

Dans le train qui l'amenait vers Londres, Neill relut la dernière lettre qu'il avait reçue de Wilhelm Reich, dans laquelle il racontait encore une fois que les nazis avaient brûlé ses livres, que les communistes l'avaient exclu du parti, que Freud n'avait pas daigné intervenir lorsqu'on l'avait expulsé de l'association psychanalytique internationale, qu'Einstein l'avait écouté avec condescendance, comme on écoute un fou, que le gouvernement américain l'avait injustement poursuivi... Socrate, Jean-Jacques Rousseau, Reich, pourquoi l'humanité avait-elle si peur de la vérité, pourquoi ses maîtres avaient-ils été persécutés?

L'avion s'arracha à la piste, traversa l'épaisse couche de nuages, et la condensation couvrit le hublot de fines gouttes. De Londres à New York, des nuages, des nuages à l'infini. Neill ajusta la buse qui lui envoya de l'air frais, baissa le dossier de son fauteuil, étendit ses longues jambes, et respira lentement, bouche ouverte, yeux fermés.

Summerhill, les enfants, le bonheur... Et si cela n'avait rien à voir avec la pédagogie ni avec la liberté, si les enfants s'épanouissaient, tout simplement, parce qu'ils étaient loin de leurs parents? Un jour, avant leur rupture, Reich avait dit à Freud qu'il comptait s'attaquer à la famille, problème central des troubles névrotiques. «Là, lui avait répondu Freud, vous allez vous fourrer dans un guêpier.»

Summerhill, le bonheur... Pourquoi le fluide bleuté avait-il disparu depuis qu'il s'était installé à Summerhill?

Neill ouvrit les yeux au moment où l'avion perdait de l'altitude. Était-il possible que les doutes fussent si lourds? La voix du pilote le rassura: «Veuillez éteindre vos cigarettes et attacher vos ceintures, nous atterrirons bientôt à New York.»

* * *

Un taxi jaune et noir déposa Neill à la porte d'un immeuble miteux. La gorge serrée, il s'engagea dans un escalier crasseux, éclairé par une ampoule nue à moitié recouverte de chiures de mouches. À l'étage, des agences de voyages astraux, des écoles de pensée positive, des studios de massage, et, enfin, au bout du corridor, une plaque: «ORGONE INSTITUTE. Frappez et entrez.» Dès que Neill ouvrit la porte, l'épaisse fumée âcre d'un très mauvais encens le saisit à la gorge. Un fauteuil éventré, quelques revues sur une table, un bureau inoccupé, personne n'était là pour l'accueillir. Au moment où il allait partir, un rideau s'écarta et une jeune femme à la démarche aussi vague que le regard s'approcha. Derrière le rideau, Neill aperçut une boîte de métal au fond de la pièce: un coffre d'acier, grand comme un cercueil, avec une fenêtre à la hauteur des yeux.

— L'Orgone Institute vous souhaite la bienvenue. Mis au point par le grand professeur Wilhelm Reich, fondateur de l'institut, voici le seul accumulateur d'orgones encore en état de marche. Les orgones atmosphériques, réfléchis par les parois d'acier — orgonophobe — sont condensées dans le bois — orgonotrope — et pénètrent ensuite dans le corps du patient installé au centre de l'appareil. Vous vous sentez déprimé, vous avez peur des voyages en avion? Quinze minutes suffisent. Pour la guérison du cancer et de la schizophrénie, une dizaine de séances peuvent être nécessaires. C'est vingt dollars la séance, cinquante pour trois séances, cent cinquante pour un abonnement d'un an. Les cartes de crédit ne sont pas acceptées.

Neill versa les vingt dollars sans discuter, se déshabilla et entra dans le caisson. Par le hublot, il aperçut la jeune femme qui enfouit le billet de vingt dollars dans son corsage. Il ferma les yeux, et sentit immédiatement le fluide lui entrer par la plante des pieds, monter le long des tibias, dans son ventre, ses bras, sa nuque; ses mâchoires se détendirent, et il vit enfin la grande traînée lumineuse, incandescente, bleutée, large comme une autoroute, chaude comme une coulée de lave.

* * *

Le lendemain, il loua une automobile et se rendit à la frontière nord du New Hampshire, là où Reich, sur un immense domaine, avait installé son laboratoire géant. Il savait que le laboratoire avait depuis longtemps été fermé par un ordre d'un tribunal américain, mais, avec un peu de chance, peut-être pourrait-il dénicher un accumulateur d'orgones...

Un petit chemin, sans barrière ni gardien, une affiche de métal rouillé, percée de trous de balles: «Orgone Institute, Private Property». Il s'engagea dans le chemin étroit et mal entretenu. Au bout du chemin, des ruines. Une maison de bois abandonnée, des fondations, des restes de feux de camp, des ordures, des douilles... Seule la cheminée était intacte. Imposante, elle se dressait vers le ciel, parfaitement ridicule.

Plus rien, il ne restait plus rien du laboratoire de Reich, on avait tout pillé.

Neill regagna sa voiture, mais il n'arrivait pas à tourner la clé de contact. Ses livres, son école, son humour, son bonheur même, si c'était à son père qu'il les devait? Son père qui lui lançait des croûtes et qui lui tenait le doigt au-dessus d'une chandelle pour lui donner un avant-goût de l'enfer, son père qu'il a tellement détesté qu'il a ressenti le besoin de se venger en fondant une école...

Summerhill, l'école du bonheur... Bien sûr qu'ils avaient été heureux, les enfants de Summerhill: on leur avait permis de vivre loin de leur famille, on leur avait montré à faire des pieds de nez à l'autorité. Mais quelques années plus tard, ce sont les petits-enfants de Summerhill que Neill recevait, des enfants qui n'avaient plus rien à transgresser et qui s'ennuyaient à mourir, comme le petit Louis autrefois... Était-ce bien d'orgone qu'il avait besoin ou n'était-ce pas plutôt d'une réponse aux questions que lui avait posées ce petit bonhomme qui ne comprenait rien à la liberté, et qui avait passé sa vie à tenter de le démolir?

Quand il démarra finalement, Neill était décidé à aller trouver Louis, de l'autre côté de la frontière. Vider quelques bouteilles, se parler dans le blanc des yeux, essayer de comprendre...

Mais il était trop tard, Victoria était vide, Louis avait disparu. En sortant du chemin de terre, Neill avait croisé des visiteurs qui lui avaient dit qu'il pourrait le voir, une dernière fois, et serrer la main de son fils...

9

Quand Hélène était venue me serrer la main, au salon funéraire, j'avais senti un courant bleuté qui s'était frayé un chemin jusqu'à mon cœur. L'ennui, c'est que lorsque j'ai serré la main de son père et de sa mère, j'ai ressenti le même type de courant me parcourir le corps. Pendant deux longues journées, j'ai subi de semblables décharges en serrant les mains des dizaines de vieux professeurs, de pédagogues, de directeurs de revues pédagogiques, et de lointains voisins: d'horribles tentures de velours rouge pendaient sur les murs et le sol était recouvert d'une épaisse moquette, si bien qu'en marchant et en se traînant les pieds, tous les visiteurs se chargeaient d'électricité statique et venaient s'en délivrer sur moi.

Pendant deux longues journées, j'avais supporté des chocs presque aussi désagréables que la banalité des condoléances. Tout le monde y était allé de son diagnostic: une surcharge du circuit nerveux avait depuis longtemps miné son cœur, l'abus de cigarettes et de café ne l'avait pas aidé... Je les écoutais distraitement, en me demandant pourquoi ils s'acharnaient à trouver une explication en dehors de la vie elle-même.

J'étais tellement fatigué que c'est à peine si j'ai réagi quand j'ai vu entrer Neill. Le dos voûté, il s'est dirigé tout droit vers moi en lançant à droite et à gauche des regards inquiets. Quand il m'a tendu une main démesurément longue et osseuse, pendue au bout d'un bras interminable, j'ai dû lever les yeux pour bien apercevoir son visage en lame de couteau et ses oreilles en soucoupes. Il parlait à voix basse, et son lourd accent entraînait ses paroles droit vers le plancher:

— Votre père a été chanceux: il est mort avant d'avoir des disciples.

Il s'est dirigé vers le cercueil, s'est recueilli quelques instants, puis il est reparti aussitôt sans adresser la parole à qui que ce soit. J'étais tellement déboussolé que j'ai mis bien du temps à me demander où était passée ma mère. J'ai fini par la trouver au fumoir, où elle discutait avec quelques vieilles barbes. J'ai interrompu leur conversation un peu brutalement pour l'amener à l'écart.

— Neill? C'est impossible, voyons: il vit en Angleterre, et comment aurait-il appris le décès de ton père? C'est sûrement quelqu'un qui lui ressemblait, c'est tout.

10

Je me suis déshabillé en silence, au milieu de la nuit, et je me suis étendu aux côtés d'Hélène. Malgré mes précautions, elle a lâché un vague grognement pour me signaler que j'avais troublé son sommeil. J'ai posé ma main sur son épaule, et je lui ai parlé tout doucement, pour ne pas la réveiller tout à fait, mais elle n'avait pas du tout envie de m'écouter.

Je suis resté longtemps étendu dans le noir, immobile, absolument incapable de m'endormir. Sur le plafond, j'ai vu mon front se dégarnir, des rides se creuser au coin des yeux, mes épaules s'affaisser de quelques crans. J'ai pensé un moment à la bêtise de s'en remettre au calendrier pour célébrer les anniversaires, puis j'ai pensé à Hélène, qui n'avait pas retrouvé la respiration de son sommeil profond, et dont les paupières étaient agitées de légers tremblements. Elle avait encore cette façon de marcher dans la vie en regardant droit devant elle, tout entière occupée à donner l'impression qu'elle allait quelque part, mais tout son corps démentait cette impression, et ses élèves n'étaient sûrement pas dupes: ses paroles étaient celles de l'autorité, mais chacun de ses gestes était un appel à la liberté. On a beau y travailler toute sa vie, on ne réussit jamais à refaire ce qu'on a fait de son corps pendant les premières années de l'enfance. Celui d'Hélène aura beau vieillir, il gardera toujours cette étrange souplesse, de la même façon que le mien sera toujours raide, toujours.

Entre nous, le désir donnait évidemment quelques signes d'usure, mais les gouttes de rosée chaude de son cou avaient le même goût délicieusement âcre, les deux accents de son prénom faisaient toujours leur petite tente au-dessus de nos têtes, nous avions encore du plaisir à réinventer l'histoire du doyen... Combien de temps encore cela durerait-il? Est-ce qu'on me verrait bientôt traîner dans un de ces bars spécialisés pour anciens universitaires nostalgiques, à la recherche de ma jeunesse? Est-ce que je profiterais des fêtes de fin d'année scolaire pour imiter mes collègues? Est-ce que les successions de nuits blanches ne finiraient pas par faire pâlir le fluide bleuté, est-ce que j'en arriverais à manger épicé et à saupoudrer mes céréales de ginseng broyé?

Je savais trop bien ce que mes nuits me réservaient: je resterais étendu sur mon lit, comme je le faisais en ce moment, à me projeter des films: je suis dans un restaurant, par un soir de brouillard si dense que toutes les routes sont fermées. Je termine mon verre de vin, je dessine sur la nappe de papier et quand je relève les yeux, elle est là, assise devant moi. Elle, c'est deux grands yeux, l'un triste l'autre gai, le reste du visage est flou, couleur crème, ou clair de lune. Elle, c'est une autre, n'importe qui pourvu que ce soit une autre. De son corps, je ne vois que sa robe en tissu de mensonges, les interminables lacets qui enserrent son corsage, les bracelets qui font de la musique autour de ses poignets. Je lui propose ma voiture. Un éclair bleu frappe l'antenne, les vitres se recouvrent de buée, et nous ne sommes bientôt plus qu'un enchevêtrement de bras et de jambes... Des films à l'infini. De jour comme de nuit, j'aurai appris à être ailleurs. Et toi, Hélène, à quoi rêves-tu?

11

Le lendemain, je suis retourné à l'école pour terminer la correction de mes examens et remettre les notes finales. J'ai croisé quelques collègues qui semblaient avoir une sérieuse gueule de bois, mais qui n'ont fait aucune allusion à la soirée de la veille. Quand je suis allé saluer madame la directrice, elle m'a annoncé que j'enseignerais peut-être le français en septembre, que je recevrais mon chèque de vacances par la poste, et autres banalités du même ordre. Sa nuit avait dû être plus courte encore que la mienne, et elle n'avait visiblement pas envie de discuter. J'ai hésité un peu avant de lui parler, mais je n'arrivais pas à me contenir, et j'ai tout déballé d'un seul coup: ce que je pensais de Neill, la certitude que j'avais qu'il était bel et bien venu au salon funéraire, et les questions que me posait encore mon père: il avait toujours dénoncé Neill, mais jamais il ne s'était rapproché des fanatiques de l'autorité; il avait chanté les vertus de la discipline, mais jamais il n'avait été si heureux que lorsque j'avais fait une fugue; il avait fermé toutes les portes, mais il avait toujours eu le souci d'en laisser quelques-unes entrebâillées. C'est donc qu'il savait, qu'il avait toujours su ce qu'il faisait, que Victoria n'avait jamais été autre chose qu'une ébauche de cette école dans laquelle j'enseignais maintenant. Pourquoi n'en a-t-il jamais rien dit?

Elle m'écoutait attentivement, mais sans me donner le moindre signe d'acquiescement. Quand j'ai terminé ma tirade, elle a tourné sept fois sa langue avant de me répondre.

— Pourquoi la question de savoir s'il a toujours été conscient de ce qu'il faisait serait-elle si importante?

En rentrant à la maison, j'étais sérieusement atteint d'une crise de doute. Nous recevions le doyen ce soir-là, et en préparant le repas avec Hélène, je n'ai pas pu faire autrement que de lui demander, mine de rien, comment s'était déroulée sa dernière journée à l'école. Elle m'a raconté la fatigue, le soulagement, les projets de ses collègues, les compilations, les moyennes...

— Et ensuite?

— Ensuite rien, je suis rentrée à la maison, comme tout le monde.

— Et pas la moindre cérémonie d'initiation, même pas une fête?

— Oui, le syndicat organisait une soirée, mais je n'avais pas envie d'y aller. Pourquoi ces questions?

J'ai toujours cru qu'Hélène ne savait pas mentir. Je la fixais droit dans les yeux, et je n'y voyais aucun signe de trouble, seulement une petite trace de curiosité que je ne savais trop comment satisfaire.

— Pour rien, une idée comme ça. Les médecins font bien le serment d'Hippocrate, pourquoi n'y aurait-il pas quelque chose d'équivalent pour les professeurs?

— Quelle drôle d'idée... Non, vraiment, je n'ai jamais entendu parler de ça. Tu demanderas à mon père quand il arrivera, peut-être que ça existait à son époque.

— Une cérémonie d'initiation, un serment? Si je me souviens bien, nous devions nous engager à éduquer les enfants dans la foi catholique et dans le respect des institutions, quelque chose dans ce genre-là, oui, mais de là à parler de cérémonie... Il faut dire que c'est bien loin... Veux-tu que je m'informe?

— Non merci, ce ne sera pas nécessaire.

Je n'aurais pas dû aborder ce sujet: je lui ai mis la puce à l'oreille, et il a passé le reste du repas à me presser de questions au sujet de mon école: pourquoi les élèves exigeaient-ils d'être pensionnaires, pourquoi refusaient-ils les classes mixtes, pourquoi avaient-ils d'aussi bons résultats? Je me suis contenté de généralités et de lamentations, et je me suis même entendu affirmer que je ne passerais pas ma vie dans l'enseignement, que je pensais sérieusement chercher un autre emploi...

À la fin du repas, nous ne parlions plus d'école, mais des angoisses du doyen. Hélène et moi l'avons rassuré: il était peut-être grand-père, mais il ne paraissait pas du tout son âge.

12

Passer l'été à se promener avec elle dans le parc, montrer du doigt les pigeons, les feuilles des arbres, les coccinelles, et repenser aux cimetières d'insectes, aux veines du bois sur le mur de la remise, aux idées qui prennent la clé des champs entre deux capitales d'Afrique.

Enlever une couche souillée, donner le bain en maintenant la tête dans le creux de sa main, et penser au vieux dictateur: est-ce qu'il me parlait latin en changeant mes couches, est-ce qu'il faisait du calcul sur mes doigts?

Préparer le lit, remarquer les motifs des petits draps de flanelle: des lapins, des oursons, mais aussi des blocs, des lettres de l'alphabet, des chiffres. Déjà.

Déposer délicatement l'enfant dans le lit, et se surprendre à chantonner un extrait d'un concerto pour cornemuse celtique qu'on avait tout fait pour oublier. Remonter le mécanisme du mobile musical, observer les petits yeux qui ont du mal à se mettre au foyer, les paupières qui se ferment, s'émouvoir du gros soupir qui précède le sommeil.

Se retirer de la chambre sur la pointe des pieds, s'installer à la table de la cuisine et avoir une furieuse envie de noircir du papier. Ne pas savoir par où commencer, tourner en rond, et renoncer à la première difficulté.

Aller s'asseoir au salon, feuilleter le journal, et laisser son regard s'arrêter sur une petite annonce: vieille maison victorienne entièrement rénovée, grand terrain, une heure du centre-ville. Quand Hélène rentrera des courses, lui en glisser un mot, juste pour voir.

S'assoupir. Se réveiller en sursaut, s'inquiéter du silence, aller voir dans la chambre si la petite n'a pas arrêté de respirer, revenir au salon, tenter de faire une sieste, se sentir plein d'adrénaline, renoncer.

Revenir à la cuisine, se dire qu'on n'y échappera pas, qu'il faut commencer tout de suite, qu'il est ridicule de s'attendre à ce que l'âme nous ponde un œuf, s'atteler à la tâche, raconter l'histoire du vieux dictateur qui vient tout juste de s'installer chez Victoria. Il essaie de gribouiller, mais il est si fatigué que les mots se couvrent aussitôt de ratures rageuses, sa plume perce le papier, et la corbeille déborde de boulettes: qui est-ce qui m'a fabriqué cet enfant qui ne sait pas faire autre chose que manger et pleurer, qui me tient éveillé toute la nuit et m'empêche d'écrire? Il pose ses lunettes sur la table, se frotte les yeux, allume une autre cigarette. Il voudrait prendre l'air, partir pour n'importe où, mais il reste là, convaincu qu'il se produira quelque chose.

Il reprend sa plume, son horrible plume qui grince encore dans ma mémoire, et quelque chose de monstrueux se produit: le désir féconde un regret, quelques lignes noires naissent sur la feuille blanche, la plume glisse sur le papier comme une patineuse sur un étang, les belles lignes noires s'envolent bien haut, et je nais une seconde fois, je suis devenu une preuve vivante, une réussite pédagogique incontestable, la plus belle machine à apprendre qu'on ait jamais vue, l'être le plus doué pour le bonheur que la terre ait jamais porté, une bombe lancée à la face des théoriciennes du bonheur en robes indiennes et des pédagogues à gros sabots.

Je grandis, je mène une vie toute simple, toute droite, je me bourre le crâne en défiant le chronomètre, mais j'apprends aussi, malgré lui peut-être, à ne pas apprendre. Le soir, dans son bureau, mon père continue de m'inventer. Dans les universités, je deviens un cas, un sujet de thèse, un objet de débats passionnés.

Peut-être que je suis arrivé trop tard, et sans doute n'arrête-t-on pas une tempête en soufflant dessus: l'heure était à la réforme, et comme tout ce qui était réformable était par essence suspect, on a tout jeté par-dessus bord, en commençant par les articles de mon père. Dans les revues pédagogiques, ce fut le triomphe de la liberté, et Neill allait devenir l'idole de toute une génération de pédagogues. Mon père continuerait encore à publier quelques articles, envers et contre tous, des articles qui ne provoqueraient qu'indifférence, ou encore, dans le meilleur des cas, des réactions indignées: mon éducation sentimentale était un échec, je n'avais jamais appris à gérer mes émotions, je resterais toujours un illettré en matière d'affectivité. L'unanimité était faite, je n'avais plus qu'à disparaître.

À l'université, les anciens allaient céder leur place aux nouveaux sans résistance, et un certain doyen, habile à manipuler les mots nouveaux, s'installerait à la tête de la pyramide. Si on parlait encore de mon père, de loin en loin, ce serait à titre de curiosité de la nature, comme ces animaux bizarres qui semblent défier les lois de l'évolution. Quelques années encore, et on ne retrouverait son nom que dans quelques notes sarcastiques, en bas de pages, avant qu'il ne disparaisse complètement des livres et des mémoires.

Dans sa vieille maison de campagne, près de la frontière, loin du tumulte, il continuerait longtemps à écrire de longs essais qui n'allaient jamais trouver d'éditeur.

Au fond, je n'ai jamais réussi à lui en vouloir. Et où est-ce que j'en suis, maintenant que je ne sais plus très bien lequel des deux a inventé l'autre?

13

Au premier jour de la rentrée, je découvre une nouvelle école: les ascenseurs sont en panne, les corridors mènent à des culs-de-sac, les escaliers mobiles s'arrêtent au plafond, je n'arrive pas à trouver mon local. Pourquoi ont-ils changé l'école, je n'arriverai jamais à l'heure, pourquoi est-ce que personne n'a pensé à me prévenir? Je trouve mon local, j'entre, et tous mes élèves me tournent le dos. Qui a déplacé les pupitres, pourquoi regardez-vous le mur? J'ai l'impression de crier, mais personne ne m'entend. Est-ce que je me serais trompé de salle?

Je sors, j'enfile d'autres corridors, j'entre dans une autre classe d'apparence tout à fait normale. Les élèves me regardent d'une drôle de façon: j'ai oublié ma liste d'élèves, mes notes de cours et ma cravate. Je sors encore, je reviens avec ma liste mes notes ma cravate, je fais l'appel: Guillaume? Présent! Louis? Présent! Neill? Présent! Mes élèves ont quatre-vingt-dix-huit ans, ils portent des petites lunettes comme celles de mon père, ils ont les oreilles en soucoupes de Neill. Ils se mettent tous à fumer la pipe, la classe se remplit de fumée bleue, je ne vois plus rien, je continue l'appel, j'entends encore leurs réponses, de loin en loin; quand la fumée se dissipe, ils ont disparu, ne reste que l'écho, que des pupitres qui me tournent le dos. Une cloche sonne, la classe se remplit à nouveau de vieillards, j'essaie de leur dire quelque chose mais j'ai un trou de mémoire grand comme un cratère de la lune; le vent se lève, les pupitres se remplissent de poussière, une autre cloche sonne, celle du réveil: me lever, prendre une douche, boire un café pour me faire croire que je suis réveillé, sentir la caféine se mêler à l'adrénaline, avoir la gorge si serrée que je suis incapable d'avaler mes rôties. Hélène s'assoit en face de moi, je regarde ses yeux pochés, je l'écoute me raconter ses cauchemars, et je me console: je ne suis pas le seul à avoir du mal à vivre la nuit qui précède la rentrée.

Quand je me trouve une place dans le stationnement des professeurs, j'ai l'impression de venir tout juste de me réveiller: comment ai-je fait pour me rendre jusqu'ici, est-ce que je n'ai pas brûlé tous les feux rouges de l'interminable boulevard, écrasé des piétons? Je salue mes collègues qui ont aussi mal dormi que moi et qui ne sont pas d'humeur à parler de leurs vacances, je prends le temps de lire la liste des élèves avant d'entrer en classe, je m'attarde sur leurs dates de naissance: ils n'étaient même pas nés lorsque... Je consulte ma montre pour la dixième fois, il est l'heure. Crayon, liste d'élèves, règlements, il ne me manque rien. J'ouvre la porte de la salle de classe, je me dirige vers le bureau du professeur, je chasse les chats de ma gorge, je commence l'appel et je me surprends de ce que mon cœur arrête de jouer du tambour dès le milieu de la liste.

Une grande respiration, puis je leur fais la lecture des règlements, que je connais par cœur. Je les regarde parfois, un à un, directement dans les yeux, pour bien assurer mon autorité, et une fois de plus je m'étonne de leur jeunesse, une fois de plus je me demande s'il est normal d'avoir un emploi dans lequel on est le seul à vieillir, puis je me dis que les professeurs ont une espérance de vie très longue, que Neill est mort à un âge très avancé, bien tranquillement, à Summerhill.

Je retrouve ensuite la bonne vieille craie, je la fais tourner dans mes doigts, j'hésite quelques instants avant de salir le tableau, pour une fois si propre, et je ronronne ma matière. Les phrases s'enchaînent les unes aux autres comme par magie, les exemples tombent pile, trente paires d'yeux me regardent, et j'ai l'impression d'exister.

Dans le bureau, après le cours, je me sers un café en écoutant mes collègues se plaindre de leur dur travail, et je souris intérieurement. En feuilletant distraitement le journal, je tombe sur une déclaration d'un célèbre pédagogue qui vient tout juste de troquer les sabots et les jeans contre la chemise blanche et la cravate, et qui chante les louanges de l'autorité et de la discipline. Il n'a rien compris. Quelques pages plus loin, le courrier du lecteur déborde de lettres qui réclament le retour à la dictée obligatoire, et un vieux chroniqueur évoque avec nostalgie ses années de pensionnat. Dans les revues pédagogiques, on ne parle plus de Summerhill. À en juger par la force du vent qui a fait virer les girouettes, cela ne saurait durer: quelques années encore et le terrain sera de nouveau fertile, quelques années encore et Neill redeviendra à la mode... Autour de moi, mes vieux collègues préparent tranquillement leurs cours, comme de simples soldats qui se préparent à aller à la guerre sans se préoccuper le moins du monde des interminables discussions des généraux qui viennent encore une fois de refaire leur plan de campagne. Il y a bien longtemps qu'ils ne s'intéressent plus à ces débats: les vagues n'ont jamais agité que la surface de l'océan.

En rentrant à la maison, je remercie la gardienne, puis je vais dans la petite chambre, je m'assois au bord de son lit, je lui raconte des histoires dans lesquelles il n'est plus jamais question du vieux dictateur, ni de Victoria: son grand-père, elle l'inventera. Son père, elle l'inventera aussi, et tant pis pour l'Histoire. Combien de fois, au cours de sa vie, ressentira-t-elle le besoin de refaire celle de ses parents?

Le soir, j'irai la regarder dormir, je m'étonnerai de ce qu'il faudra bientôt changer son petit lit contre un autre plus grand, je tenterai de deviner ses rêves: peut-être s'imagine-t-elle déjà faire une fugue, peut-être se demande-t-elle comment elle organisera la résistance. À quel âge comprendra-t-elle que je n'ai rien choisi, que je n'ai rien à prouver? En la quittant, je lui offrirai mes excuses, à voix basse: je ne pouvais pas faire autrement.

Je retrouverai Hélène au salon. Nous prendrons un verre en nous racontant les petites anecdotes de la journée, je regarderai les pattes d'oie qui lui font des accents de chaque côté de ses yeux, nous prendrons un verre encore, puis nous parlerons de l'école où la petite ira bien un jour. Au troisième verre, nous aurons du mal à démêler le présent du passé. Quand on n'a jamais appris à gérer son affectivité, on se débrouille comme on peut.

AUTRES TITRES AU CATALOGUE DU BORÉAL

Denys Arcand, *Le déclin de l'empire américain*

Gilles Archambault, *À voix basse*

Gilles Archambault, *L'obsédante obèse et autres agressions*

Julien Bigras, *Ma vie, ma folie*

Jacques Brault, *Agonie*

Ralph Burdman, *Tête-à-tête*

Louis Caron, *Le Canard de bois. Les fils de la liberté, 1*

Louis Caron, *La corne de brume. Les fils de la liberté, 2*

Louis Caron, *Racontages*

Claude Charron, *Probablement l'Espagne*

Paule Doyon, *Le bout du monde*

Louisette Dussault, *Moman*

Madeleine Ferron, *Un singulier amour*

Gilberto Flores Patiño, *Esteban*

Michel Gœldlin, *Juliette crucifiée*

François Gravel, *Benito*

François Gravel, *La note de passage*

Louis Hémon, *Maria Chapdelaine*

Suzanne Jacob, *Les aventures de Pomme Douly*

Robert Lalonde, *Le fou du père*

Raymonde Lamothe, *N'eût été cet été nu*

Mona Latif Ghattas, *Les voix du jour et de la nuit*

Monique Larouche-Thibault, *Amorosa*

Monique Larouche-Thibault, *Quelle douleur!*

Marco Polo, Le Nouveau Livre des Merveilles

Pierre Nepveu, *L'hiver de Mira Christophe*

Michael Ondaatje, *Le blues de Buddy Bolden*

Fernand Ouellette, *Lucie ou un midi en novembre*

Jean-Marie Poupart, *Beaux draps*

Jean-Marie Poupart, *La semaine du contrat*

Yvon Rivard, *Les silences du corbeau*

Heather Robertson, *L'homme qui se croyait aimé*

Gabrielle Roy, *De quoi t'ennuies-tu Eveline?* suivi de *Ély! Ély! Ély!*

Gabrielle Roy, *La détresse et l'enchantement*

Joseph Rudel-Tessier, *Roquelune*

Jacques Savoie, *Les portes tournantes*

Jacques Savoie, *Le Récif du Prince*

Jacques Savoie, *Une affaire de cœur*

Marie José Thériault, *Les demoiselles de Numidie*

Marie José Thériault, *L'envoleur de chevaux*

Dalton Trumbo, *Johny s'en va-t-en guerre*

Pierre Turgeon, *Le bateau d'Hitler*

Serge Viau, *Baie des anges*

Typographie et mise en pages sur ordinateur:
MacGRAPH, Montréal.
Achevé d'imprimer en septembre 1988
aux Ateliers graphiques Marc Veilleux,
à Cap-Saint-Ignace, Québec